恋愛禁止

長江俊和

角川ホラー文庫
23516

序

全ての生き物は、遺伝子を効率的に複製するための乗り物である。

その宿命からは決して逃れることはできない。

男女が出会い恋愛し、性交する。出産し、子を育て、成長を喜ぶ。

その過程においては、様々な感情が複雑に交錯する。

初恋のときめき、恋愛の喜びと不安、性行為の快感、子を得た時の感慨……。

だがそれらは、神が仕掛けた、遺伝子を複製するという宿命のなかで繰り広げられているに過ぎない。

それでも我々は恋愛に歓喜し、苦悩し、葛藤《かっとう》を繰り返している。

本書は、「愛」という神に強いられた宿命の尊さと恐ろしさについて考察したものだ。

愛の力は偉大と思う。

男女が出会い、お互いを慈しむ気持ちがあれば、人間はどんな困難でも乗り越えていける。

でももし、その愛が成就されないものだとしたら。

死ぬほど好きなのに、それは決して、報われないものだとしたら……。

恋情はマイナスの方向に働き、〝愛〟は一瞬にして凶器と化す。

目には見えない凶器である。

そうなったら、制御することは不可能。

もはや、どうすることも出来ない。


時として愛は、人を狂気に走らせる恐ろしい麻薬のようなものなのだ。

こんな事例がある。


「土の中から白い手　千葉の森林から女性の遺体見つかる」

きょう未明、千葉県××の森林の土中から、女性の遺体が発見された。見つけたのは付近に住む七十二歳の男性。遺体が発見された場所は、昨夜からの台風による悪天候により崖崩《がけくず》れを起こしていた。住民の男性は被害の状況を確認するため森林に入り、土中から人間の手首が出ているのを見つけ、警察に通報した。遺体は、二十代後半から三十代前半くらいの女性。身元は分かっておらず、警察によると死後十日以上は経過しているという。遺体には、首を絞められた跡が残っており、警察は殺人事件として捜査を開始した。

令和元年十月二十三日　某紙

『愛のために殺した……』千葉　女性殺害・遺体遺棄事件

千葉県の森林から女性の遺体が見つかった事件で、きのう逮捕された容疑者の男の取調べが始まった。男は概《おおむ》ね容疑を認めているが、事件の経緯などについての詳細な供述は得られていない。捜査関係者によると、女性を殺害した動機についても曖昧《あいまい》な点が多く、「愛のために殺した」との供述を繰り返しているだけだという。容疑者の男と遺棄された女性との間には何があったのか。警察は事件の全容解明に向けて、慎重に取調べを進めている。

令和二年三月五日　某紙

一見、単なる恋愛がらみの殺人事件のようである。だがその背景には、知られざる驚愕《きょうがく》の事実があった。

実は、この事件の当事者である女性は私の研究対象であり、彼女の事例は、「恋愛における人間の生物学的宿命」を考察する私にとっては格好のものであった。

一体なぜ、事件は起きたのか？

本書は、その一部始終をまとめたものである。

プライバシーを考慮して、文中に登場する人名は仮名としたので、ご了承願いたい。

目次

第一章

一

わずかに彼が目を見開いた。

乾いた目でこっちを見ている。いつもの眼差《まなざ》し。優越感に満ちあふれたような。無精髭《ぶしょうひげ》に覆われた口元には、うっすらと笑みが浮かび上がったままだ。

木村瑞帆《きむらみずほ》は、か細い両腕に満身の力を込めた。

彼の筋張った首筋に、無骨なサバイバルナイフの刃が埋没してゆく。肉をえぐる気味悪い感触。どくどくと流れ出す血。次第に男の表情が変わっていった。状況が理解できたのだろうか。灰色の眼球はかっと見開き、わずかに震えている。彼の唇がぱくぱくと金魚のように動き出した。叫ぼうとするが、上手く声が出ないようだ。喉元《のどもと》に突き立てたナイフを、さらに押し込んだ。

無言のまま、男は苦悶《くもん》している。瑞帆は決してナイフを持つ手を離そうとはしない。虚《うつ》ろな目で見据えると、男が崩れ落ちる。そのまま彼女も、砂利が敷かれた地面に倒れ込んだ。

午後十一時を過ぎていた——

住宅街の外れにある、月極《つきぎめ》駐車場の片隅。

震える両手をナイフから外し、瑞帆はそのほっそりとした体軀《たいく》を起き上がらせた。足下に倒れている男の姿を見やる。

死んだのだろうか。微動だにしない。震えたまま、男の様子を注視する。すると——首筋に突き刺さったナイフがわずかに揺れ始めた。ナイフの脇にある喉仏《のどぼとけ》が、痙攣《けいれん》を起こしている。声にならないうめき声を上げながら、四肢が小刻みに動き出した。

瑞帆は恐ろしくなった。

まだ生きている。

その場に立ちすくんだまま、固唾《かたず》を吞《の》んでいた。どうしていいか分からなかった。今できることは、ただ黙って見ていることしかない。

少し経つと、痙攣が止まった。半開きの口からは、うめき声も聞こえてこない。恐る恐る跪《ひざまず》き、男の顔を覗《のぞ》き込む。虚空を見上げた眼差しからは、完全に意思が失われていた。念のため、彼の胸元に耳を当てる。かすかに、体臭が鼻孔に届いた。何度も嗅《か》いだことのある匂い。今は嫌悪感しかない。男の左胸からは一切、心臓の音は聞こえてこない。本当に死んだようだ。

安堵《あんど》の念と同時に、その真逆の恐怖の感情がこみ上げてくる。

自分は人を殺してしまったのだ……。

呆然《ぼうぜん》としたまま立ち上がった。血にまみれた自分の両手に目をやる。途端に脚が震えてきた。事の重大さを思い知る。思わず周囲を見渡した。うす暗い駐車場の敷地の中、まばらに停められた乗用車やトラック。人の気配はない。そのことを確認すると、咄嗟《とっさ》にその場から駆け出した。

人気《ひとけ》のない住宅街の道——

闇雲に瑞帆は走り続ける。なるべく駐車場から遠ざかりたかった。少し行くと、黄色い点滅信号に照らされた広い道路に出る。大型のトラックが轟音《ごうおん》を上げて走行してきた。思わず顔を伏せる。ここで顔を見られてはならない。トラックが傍らを通り過ぎると、道路を横切り、路地に駆け込む。走ってゆくと、視線の先に小さな児童公園が見えてきた。公園の入口まで来ると、一旦《いったん》足を止める。息を整え、中を覗き込んだ。誰もいないようだ。恐る恐る、公園の中に足を踏み入れた。

注意深く、園内を進んでゆく。きっと自分の顔や身体は、血にまみれているのだろう。今ここで誰かに見られると、まずいことになる。少し歩くと、砂場の脇に手洗い場が見えた。周囲に目を配りながら、その場所に向かう。手洗い場に着くとすぐに水道の栓を捻《ひね》り、流水の中に両手を差し入れた。思わず顔をしかめる。想像以上に冷たかったからだ。もう春も終わりだというのに。我慢して、流水の中で手を洗う。ぶるぶると両手が震えている。その震えは、寒さからくるのか、そうではないのか分からなかった。

血を洗い流すと、バッグからハンカチを取り出した。ハンカチで手を拭《ふ》いても、手の震えは収まりそうにない。再びバッグに手をやる。コンパクトを出してケースを開いた。

ミラーに映る、青ざめた自分の顔。幸い顔に、返り血は付いていなかった。よく見ると、服には多少血が飛んでいたが、黒系のスーツだったので、あまり目立っていない。手早く髪の乱れを整える。コンパクトをバッグに仕舞うと、公園を後にした。

それから夜の道を歩き続けた。何人か通行人とすれ違ったが、特に不審がられることはなかった。心臓は破れそうだったが、なるべく気配を殺し、目立たぬようにした。しばらくすると、自分の部屋があるコーポにたどり着いた。

木造二階建ての、瑞帆が暮らすコーポ。周囲を気にしながら、建物の方に向かってゆく。駆け上るように外階段を進み、二階にある自分の部屋の前で立ち止まった。手早く解錠して、室内に身体を滑り込ませる。ドアを閉めるとすぐ、内鍵《うちかぎ》とチェーンを掛けた。大きく息をつくと、途端に力が抜けた。その場に座り込む。両手の震えはまだ収まっていない。両手だけではない。身体中が震えている。

なんとか立ち上がり、ヒールを脱いで部屋に上がった。一人暮らしの1DKの部屋。全身が血の臭いに覆われている。着ていたスーツとブラウスを剝《は》ぎ取るように脱いだ。ストッキングや下着も全部取ると、華奢《きゃしゃ》な裸体が露《あら》わになる。ゴミ出し用の半透明のポリ袋を取り出し、脱いだ服をそこに押し込んだ。返り血が付着していたバッグや、手を拭いたハンカチと履いていたヒールも袋に入れた。袋の口を縛ると、キッチンの流しの下のキャビネットのなかに仕舞う。裸のまま浴室に向かった。

シャワーを浴びて、身体を丹念に洗う。浴室を出て、部屋着のスウェットを着ると、幾分か気分が落ち着いた。窓辺に置かれたシングルベッドに横たわり、布団にくるまった。

眠れるわけはなかった。でも、ほかにすることもない。もしかしたら、さっきの出来事は全部悪夢だったのかもしれない……。翌朝目覚めると、そのことに気がつき、ほっと胸をなで下ろす。そんな淡い期待を抱いた。だが、もちろん夢ではないことは分かっていた。瑞帆は知っていた。今し方、自分が体験した出来事は、紛れもない現実であるということを……。

喉元に突き刺したサバイバルナイフ。肉に刃が沈んでいく感触。自分を見据える彼の目。痙攣する四肢。停止した心臓。あれは夢ではなかった。自分は人を殺したのだ。現実に……。

瑞帆が殺した男。彼女を支配し続けた人間。彼の名は、倉島隆《くらしまたかし》という。

今から二時間ほど前、彼女は隆と再会した。

「瑞帆」

その声を聞いた時、全身が凍り付いた。

反射的に足がすくみ、その場に立ち止まる。午後十時すぎ、千葉県某駅の改札を出てすぐのことだった。

瑞帆は千葉の市街地にある不動産会社に勤務している。東京に本店がある会社で、最近出来た商業施設の中に彼女が勤める支店があった。今日は遅くまで、顧客名簿などのデータの整理をしていた。昨今、働き方改革が唱えられているが、個人的には残業は嫌いではない。この会社に就職して三年ほどが経つ。仕事は忙しかったが、やりがいを感じ充実感を見出《みいだ》していた。それで残業を終え、最寄り駅に着いた時、あの男に呼び止められたのだ。

「久しぶりだな。少し時間ある？」

彼の姿を見て総毛立った。ウインドブレーカーにジーンズ姿の痩《や》せぎすの男。肌は浅黒く、髪は短く切りそろえていた。外見は三年前とあまり変わっていない。若く見えるが、自分より九歳上なのでもう三十九歳だ。一見、清潔なスポーツマンタイプの青年だが、彼女にとっては醜悪な怪物でしかなかった。

「元気そうじゃん。よかった会えて」

屈託のない顔で、倉島隆は笑う。

身を強《こわ》ばらせたまま、瑞帆は立ち尽くしている。ずっとこの男は、ここで自分を待ち続けていたのだろうか。そう思うと、さらに怖くなった。自動改札から出てくる乗客らが、二人の傍らを足早に通り過ぎてゆく。唇を震わせながらも、なんとか言葉を振り絞った。

「なんで来たの？」

「なんでって……話したいことがあって。捜してたんだ……ずっと」

わずかに笑みを浮かべたまま、隆はじっと瑞帆を見据える。あの射貫《いぬ》くような眼差《まなざ》しだ。その視線を受けて、瑞帆の全身は血の気が失《う》せてゆくような感覚を得ていた。

二

瑞帆が隆と出会ったのは、高校生の時である。

静岡県の××市で生まれ育った彼女は、中学を卒業して、県立高校に進学した。その時のクラスの担任が倉島隆だったのである。

当時、隆は二十代半ば。すらっとした体形で学生時代は水泳の選手だった。インターハイに出場したこともあり、水泳部の顧問も任されていた。外見も悪くないので、女子生徒から人気があり、よくラブレターやプレゼントを貰《もら》っていた。瑞帆はとくに、彼の熱狂的なファンというわけではなかった。だが、その若く爽《さわ》やかな担任教師に、好感を抱いていなかったかというと、そうではなかった。

「木村、放課後ちょっと職員室に顔出してくれ」

だから授業の終わりに、呼び出されても、嫌な気持ちはしなかった。胸をときめかせて、瑞帆は職員室に向かう。結局その用件は、事務的なプリントの返却だったりしたのだが、なぜだか奇妙な高揚感があった。

瑞帆はどちらかというと、同年代の女子のなかでは奥手な方だった。中学のころに、同級生に告白され、交際したことがあった。でも相手も付き合ったのは初めてらしく、結局二回ほど映画を観に行っただけで、自然と終わってしまった。だからそのころは、男女の関係は、ドラマや漫画のなかの絵空事のような世界だと思っていたのだ。

あの日も、瑞帆は隆から呼び出された。

放課後の職員室――

閑散としていた室内。ほかの教師はほとんどいない。

デスクで待っていた彼のもとに行くと、その前の週に行われた中間テストについての注意を受けた。成績が下降気味であり、そのことを心配している様子だった。別に大きく点数が落ちているわけではなかった。だが「このままではまずい」と言うので、瑞帆は真摯《しんし》に耳を傾けていた。一通り話すと、隆は言った。

「何か悩みでもあるのか」

「悩みですか」

「そうだ。もし悩みがあるなら、聞かせて欲しい。何でもいい。家のことでも。友達のことでも。担任として、木村の力になりたい」

真剣な目で、隆は瑞帆を見た。その眼差しを受けて、十七歳の少女の胸はざわめいた。

悩みがないわけではなかった。彼女は小学校六年生の時に父親を亡くしている。それから中学を出るまでは、母と二人で暮らしてきた。しかしちょうどそのころ、母は職場で知り合った男性と再婚した。母の再婚について、瑞帆は表立って反対はしなかったが、内心は複雑な気持ちだった。義理の父と暮らすようになっても、どう接していいか分からず、ずっと戸惑っていた。自分の居場所がない。家にいても、そんな感覚があったのだ。

振り返ると、父の死を境に自分は変わってしまったように思う。小学生のころは快活で、クラスでリーダーシップをとるようなこともあった。でも中学に入ると、積極的に表に出るようなことが嫌になり、友達も少なくなった。母が再婚してからは、それが顕著になった。父の死、母の再婚……。なぜ自分からは幸福が遠ざかってゆくのか。思い悩んでいた。もしかしたら、不幸を呼び寄せているのは自分かもしれない。そう思うこともあった。

瑞帆はその時、自分の気持ちを正直に打ち明けた。家庭のこと。母のこと。義父のこと……。彼は熱心に、瑞帆の話に耳を傾けてくれた。隆に話すと、少し心が晴れた気分になった。友達にも、もちろん母にも、誰にも相談することはできなかったからだ。

それから彼女は、何度か放課後に隆のもとを訪れた。

ある日のことだ。職員室で話していると、土砂降りの雨が降ってきた。まだ夕方過ぎのはずだったが、空はもう暗くなっている。

「すごい雨だな。木村、駅まで歩いて行くんだろ」

「はい」

「傘はあるか」

「ええ。折りたたみ持っています」

山間《やまあい》にある高校。最寄り駅までは、徒歩で二十分ほどの距離だった。

「傘があっても、この雨だとずぶ濡《ぬ》れになるな。俺の車で駅まで送ってやるよ」

「いえ、大丈夫です」

「言うことを聞け。この時間まで居残りさせた俺の責任だ」

隆に促され、校舎裏の駐車場まで行った。そこに停めてあったＳＵＶに乗るよう促される。暗がりの中、ヘッドライトの光が雨脚を照らすと、車は走り出した。

雨の勢いは一向に衰えることなく、フロントガラスに叩《たた》きつけていた。車内では、隆はほとんど無言である。助手席の瑞帆は、高速で動き続けるワイパーを見つめていた。

人気《ひとけ》のない街道沿いの山道。駅までは車で五分とかからない距離だった。

突然、彼はウインカーを出して、車を路肩に寄せる。道路の脇にスペースがあった。そこに車を停めて、サイドブレーキを引く。思わず瑞帆は言う。

「どうしたんですか」

その問いかけに、彼は答えなかった。シートベルトをしたまま、瑞帆の方に覆い被《かぶ》さってくる。頭の中が真っ白になる。一瞬、何が起こったのか分からなかった。両肩を摑《つか》まれ、唇を押し当ててきた。拒もうとしても、身動きが取れない。そのまま固まっていると、口の中に彼の舌が入ってきた。瑞帆は、身を任せるしかない。

瑞帆の耳に届く、エンジン音と激しい雨音。

口づけしたままの二人。時間だけが経過する。

彼が唇を離した。瑞帆の方を、じっと見つめる。わずかに熱を帯びた目。今まで見たことのない眼差しだった。心臓の鼓動はさらに高まってゆく。すると彼は、静かに両肩から手を下ろした。

何事もなかったように、瑞帆から身体を離すと、サイドブレーキを解除する。

無言のままの二人。少し走ると、土砂降りの雨の中を車は走り出した。

「嫌じゃなかったか」

矢庭に彼が口を開いた。

「え」

「嫌じゃなかったか……。俺のこと」

何と答えていいか分からなかった。動悸《どうき》は激しいままである。ハンドルを握りしめたまま隆は言う。

「悪いと思っている。でも俺にとって、木村は特別な存在なんだ」

家に帰っても、胸の高鳴りは収まらなかった。手早く夕食を済ませると、一人部屋に入り、ベッドに寝転がった。

先生にキスされた——

瑞帆の心には複雑な感情が渦巻いていた。このことは誰にも言わない方がいいのだろう。別に彼から口止めをされたわけではない。でもさっきの出来事は胸のうちに秘めておこうと心に決めた。とくに母親には、絶対に知られてはならない。彼女も、自分に隠れて男性と交際していたのだ。再婚を相談された時は、裏切られたような気持ちになった。だから今度は、自分が母親を裏切る番なのだ。それに「担任にキスされた」と母親に告げると、大事《おおごと》になるに違いない。隆は学校にいることが出来なくなり、もしかしたら教師を辞めることになるのかもしれない。

でも隆はなぜ、口止めしなかったのだろうか。もし誰かに今日のことを喋《しゃべ》ったら、一体どうするつもりなのだろう。きっと彼は教師の立場を超えて、自分のことを思ってくれているのだ。その気持ちに背いてはならない。頭の中で、隆の言葉を何度も反芻《はんすう》する。「木村は特別な存在なんだ」「木村は特別な存在なんだ」「木村は特別な存在なんだ」。

その日から、瑞帆にとっても彼は「特別な存在」となってしまったのだ。

翌日から、人目を避けて、隆と会うようになる。

放課後、高校の最寄り駅から三つ先の駅で落ち合い、カフェや車のなかで話をした。話の大半は、学校での噂話や家族の愚痴など他愛のないものである。でも時に怒り出し、激しく叱責《しっせき》されることもあった。彼は自分のことを真剣に考えてくれると思った。隆との秘めた交際により、瑞帆は変わってゆく。学校で人気の教師を独り占めにしているのである。そんな優越感が、彼女に失われた自信を取り戻させた。やっと自分にも運が向いてきた。不幸が続くのはもう終わりなのだ。

それから、しばらくしたある日のことだ。その日は休日だった。瑞帆は隆に誘われ、一人暮らしのマンションを訪れた。部屋に入ると、彼は瑞帆の身体を求めてくる。彼女は拒まなかった。隆に全てを委《ゆだ》ねた。こうなることは覚悟していた。隆は自分にとって運命の人なのだ。その時は、そう固く信じていた。

こうして瑞帆は、担任教師である倉島隆との交際を始める。友人にも家族にもひた隠しにして、二人は逢瀬《おうせ》を重ねた。

その時、世界の中心には「彼」しかいなかった。


瑞帆は静岡県内の短大に進学する。

高校を卒業しても、隆との交際は終わることはなかった。

短大に入ると、隆は瑞帆の交友関係を気にするようになった。新しい友人ができたからである。その日の行動を細かく聞いてきたり、携帯電話をチェックするようになった。やめて欲しいと言うと怒られた。

「お前のことを心配して言ってるんだ。どうして俺の気持ちが分からない」

射貫《いぬ》くような眼差《まなざ》しで瑞帆を見据える。その視線を受けると、それ以上言い返すことが出来なくなる。

「今までは毎日、学校で瑞帆の顔を見ることが出来た。でも、これからは俺の目の届く所にいないことが多くなるだろ。だから分かってくれ」

交友関係を気にするのは、瑞帆のことを思ってのことだと言う。その言葉を信じ、思わず納得する。彼は一番に自分のことを考えてくれているのだ。

でもある日のことだ。瑞帆は約束の時間に遅れたことがあった。その日は隆の部屋で食事する予定だったのだが、ゼミの会合で遅くなってしまった。どうしても中座できなかったのだ。「遅れるかも」とメールを送ったが返事はない。怒っているのだろうか。会合が終わり、急いでマンションに向かうが、案の定機嫌が悪かった。必死に謝るが、なかなか許してくれない。事情を話しても、信じてもらえなかった。

「男と遊んでいたんじゃないのか」

「だから違うって言ってるでしょ」

瑞帆も声を荒らげる。隆はもの凄《すご》い形相で睨《にら》みつけてきた。恐怖で身体が硬直した。彼が手を振り上げる。その途端、頬に熱い痛みが走った。床の上に崩れ落ちた。

顔をぶたれたのだ。隆は荒い息のまま、目の前に立ち尽くしている。ひりひりと痛む頬に手をやった。彼の表情が変わった。瑞帆の前に座り込むと、窺《うかが》うように言う。

「大丈夫か」

彼女は黙ったままである。すると隆はその場に跪《ひざまず》き、瑞帆を抱きしめた。

「悪かった……。こんなにもお前のことを思っているのに……。俺は何てことを……」

そう言うと、ぼろぼろと泣き出した。

「不安だったんだ。もしかしたら、お前が遠くに行ってしまうんじゃないかって思って……」

泣きながら、唇を求めてくる。

ぶたれた左頬はまだ痛かった。でも悪いのは自分である。瑞帆はそう思っていた。彼はこんなにも、愛してくれている。それなのに自分は……。もう二度と怒らせないようにしよう。彼に身を委ねながら、そう考えていた。

それから彼女は、大学の友人との交流よりも、隆との逢瀬を優先するようになった。「友達の部屋に宿泊する」と親に嘘をついて、彼の部屋に泊まることも多くなった。やがては半同棲《どうせい》のような状態となる。

全ては、隆が中心のような生活だった。瑞帆には彼しかいなかった。家族や友達といる時間よりも、何よりも隆との時間を優先したかったのだ。なぜなら彼は、自分のことを「特別な存在」と言ってくれる。そして瑞帆にとっても、隆は「特別な存在」にほかならなかったからだ。

瑞帆は短大を卒業すると、県内の食品関係の会社に就職する。それから一年ほど経ったころのことだ。仕事の帰り道、彼女の携帯電話に着信があった。

〈瑞帆？　久しぶりだよね。今大丈夫？〉

それは高校時代の元クラスメートである樋口麻土香《ひぐちまどか》からだった。

〈卒業して以来だから、もう三年ぶりだよね。元気だった？〉

数日前、偶然高校の時の友人と再会したという麻土香。そのときに瑞帆の話になったので電話してきたという。話は、ほかの元クラスメートたちの近況や噂話に及んだ。

〈そう言えば、瑞帆聞いた？　倉島先生のこと……〉

隆の話が出て、瑞帆の心はざわめいた。麻土香は自分たち二人の関係について知らないはずだった。動揺を悟られないよう、何気ない素振りをする。

「え？　何知らない。倉島先生がどうかしたの？」

〈学校辞めたらしいよ。生徒に手を出して、クビになったって〉

思わず絶句する。携帯電話を握りしめたまま、立ち止まった。

麻土香の話によると、隆が高校を退職したのは一年前、彼が担任を受け持つクラスの女子生徒と関係を持っていたことが発覚したからだという。しかも、交際していたのは一人ではないらしい。学校は表沙汰《おもてざた》になる前に、彼を辞めさせたというのだ。

〈分かったのは私たちが卒業した後だけど、ずっとそんなことばっかりしていたらしいよ〉

瑞帆は呆然《ぼうぜん》として、何も答えられなかった。

〈あの先生、格好良かったけど、とんでもない奴だったんだね。まあ、やっぱりっていう感じもあったけど……。ねえ、ちょっと聞いてる？〉

「うん……」

〈瑞帆、倉島と割と仲良かったでしょ。本当に知らないの？〉

適当に受け答えして、電話を切った。

頭の中が真っ白になった。何も知らなかった。隆が女子生徒と関係を持っていた。しかも複数もの……。そして一年前に学校を辞めさせられていた……。

思わず、その場を駆け出す。

その日は、彼のマンションに行く予定だった。でも会いたくなかった。家に戻ると、すぐに自分の部屋に駆け込んだ。

ずっと騙《だま》されていた――

隆はほかの生徒とも交際していたのである。自分は、「特別な存在」などではなかったのだ。それに、学校を辞めたことも知らされていなかった。彼は一年もの間、瑞帆の前で現役の教師を演じ続けていたということになる。

その夜はずっと、部屋に閉じこもっていた。携帯電話に何度も隆から着信があったが、瑞帆が出ることはなかった。繰り返しメールも送られて来たが、全部無視した。

隆からの連絡を拒否することは恐ろしかった。それまでは、彼から電話があると、極力出るようにしていた。仕事などで出られない状況だったとしても、着信から五分以内に折り返すように言われていたのだ。メールもすぐに返すようにしていた。でもその時は勇気を振り絞った。

瑞帆は心に決めていた。

もう彼に連絡を取ることはない。二度と会うことはないと……。

三

それから一ヶ月ほどが経過する。仕事が終わり、会社があるビルを出た。市街地の歩道を歩いていると、突然呼び止められた。

「ちょっと話したいんだけど」

振り返ると、そこには一人、パーカー姿の男が立っていた。隆である。

殴られる。

反射的に身構えた。だが彼は、至極穏やかな声で言う。

「時間ある？　この近くに喫茶店があるから」

瑞帆は躊躇《ちゅうちょ》する。だがもしかしたら、いい機会なのかもしれない。この際だから、きちんと話して別れた方がいい。そう思い、彼の申し出を受け入れることにした。

五分ほど歩くと、道路沿いに小さな喫茶店があった。七時を回ったばかりで、店内にはほとんど客の姿はない。店員の案内で、二人は窓際の席に座る。しばらくは二人とも黙ったまま、気まずい雰囲気である。注文した飲み物が届くと、隆が口を開いた。

「何かあったのか？」

瑞帆は答えず、下を向いて黙っている。さらに彼は言う。

「電話に出てくれないから……どうしたのかなと思って」

隆は瑞帆の方を窺う。一旦《いったん》間を置いて、彼女は答えた。

「もう信じられなくなった……。隆のこと。何もかも全部」

瑞帆は、麻土香から聞いた話をする。

隆が一年前に学校を辞めさせられていたということ。その理由が、在学中の女子高生と交際していたためだということ。それも何人も……。

一通り話すと、瑞帆は手元のコーヒーカップを手に取った。コーヒーを口に含みながら、様子を窺う。彼の反応が怖かった。怒り出すかもしれなかった。だが隆は穏やかな声で言う。

「瑞帆には言えなかったんだ。本当に悪いと思っている」

彼が深々と頭を下げた。

「学校を退職したのは本当だ。でも誤解しないで欲しい。辞めさせられたんではない。自分から辞めたんだ」

神妙な顔で、隆は話し続ける。

「クラスの生徒と交際していたというのも全部出鱈目《でたらめ》だ。確かに俺は、何人かの生徒たちから個人的な相談を受けていた。なんとか力になりたいと、彼女らの相談相手になっていたことは否定しない。その中に、俺との交際を望む生徒もいた。でもそのことを拒むと、彼女らのグループが逆恨みして、『俺に誘われた』と吹聴《ふいちょう》したんだ」

「本当？」

「ああ、本当だ」

「じゃあ、どうして疑いを晴らそうとしなかったの」

「もちろんそうしようと思った。だが本当のことを言うと、今度はその生徒たちが追及されることになる。あんなことをされたが、俺の大事な教え子に変わりない。自分だけが罪を被《かぶ》れば、彼女らを守ることが出来る。そう思い、自分から辞めることにしたんだ……」

　隆の両目から涙がこぼれ落ちる。

「悔しいんだ……。自分が教師として如何《いか》に無力だったかと思うと。なんとか彼女たちの力になりたかったんだ。でもこんなことになってしまって……。なんであんな嘘までついて……。悔しくてやりきれない。だからこの一年間、ずっと葛藤《かっとう》していたんだ。だからお前にも、何も言えなくて……」

　隆はぼろぼろと、泣き続けている。

「ずっと、黙ってて本当に悪かった……。でも、ほかの誰にも信じてもらえなくてもいいけど、お前だけには分かって欲しいと思っていた」

　涙ながらに隆は語り続けた。そんな彼の様子を見て、瑞帆も涙腺《るいせん》を緩ませた。涙がこみ上げてくる。

「いずれにせよ、俺はもう教師でも何でもないんだ。それに……もし瑞帆まで失ってしまったら、俺にはもう生きている意味はないのかもしれない」

そう言うと彼は、小さくうなだれた。

そんな隆の姿を見ていると、とても気の毒に思えてきた。彼の言っていることは本当かどうか分からない。でも今この状態で、自分が去ってしまうと、一体どうなってしまうのか。「生きている意味はない」とまで隆は言う。彼を救えるのは自分だけなのだ。その時、瑞帆はそう感じていた。

それから、彼女は隆との交際を再開する。彼を放っておけなかった。隆は地元の運送会社に就職することになった。それを機に、瑞帆は彼のマンションで暮らすようになる。傍にいて支えてあげたいと思ったのだ。

家に帰ってそのことを話すと、母にこう言われた。

「十歳近くも歳の離れている人と、大丈夫なの」

同棲《どうせい》相手が、高校時代の担任であることは、母には言わなかった。それを知ると、絶対に反対されると思った。

「別に家を出て行かなくても。一緒に住むのは結婚してからの方が……」

娘が同棲することに、母は難色を示している。だが、話を聞いていた義父が助け船を出してくれた。

「もう瑞帆も大人なんだから。彼女の人生だ。自分で決めさせてあげようよ」

理解のあるふりをしている。でも、それは本心からの言葉でないと瑞帆は感じていた。自分が家を出て行くことは、義父にとっても好都合なのだ。

瑞帆は、隆のマンションで暮らし始めた。

しばらくは平穏な日々が続く。でも半年ほど経ったある日、隆が勤めていた運送会社を辞めることになった。詳しい理由は教えてくれない。ただ「自分は運転手に向いていなかった」「自分の天職は教師だ」と言うだけである。次の仕事が決まるまで、彼女が生活を支えることとなった。でも一向に職は見つからない。アルバイトを見つけてくるが、それも長続きせず、すぐに辞めてしまう。

自《おの》ずと部屋にいることが多くなった。彼の精神状態もどんどん悪化してゆく。暴力を振るわれたのは、一度や二度ではなかった。その度に、部屋を出て行こうと思ったが、親にあんなことを言った手前、家に帰るわけにはいかない。それに暴力を振るう時以外は本当に優しかった。今は仕事が見つからないので、気持ちが荒《すさ》んでいるだけなのだ。なんとか立ち直って欲しかった。そのために瑞帆は、献身的に彼を支えた。

そんな生活が三年ほど続いた。

ある日のことだ。その夜も瑞帆は暴力を受けた。アルバイト先で気に入らないことがあったようだ。酒を飲んで、彼女に当たり散らすのだ。顔を何度もぶたれた。抵抗すると火に油を注ぐことになるので、彼の怒りが鎮まるまでじっと耐えた。

朝になると、殴られた箇所は腫《は》れ上がり、青あざになっていた。怪我の手当てをしていると、隆が起きてきた。何度も謝りながら、手当てを手伝おうとする。いつもそうなのだ。昨夜とはまるで別人のようである。メイクをしてもあざは隠し切れなかった。風邪を引いたふりをして、マスクをして出社することにした。

　通勤の電車のなかで考える。

　隆が怖かった。常日頃から彼を怒らせないようにと思っているのだが、また殴られてしまった。彼に暴力を振るわせないようにするには、なにか手立てはあるのだろうか。もう殴られるのは嫌だ。逃げ出したい。でも今見放すと、彼は廃人のようになってしまうかもしれない。一体どうすればいいのだろう。恋愛とはこんなにも苦しいものなのか。

数日後、瑞帆は残業でオフィスにいた。時刻は九時を過ぎている。ほかの社員はもうほとんどいない。パソコンで作業していて、ふと手を止めた。何気なくインターネットの検索サイトを立ち上げる。画面に文字を打ち込んだ。

《恋愛　暴力》

　検索が終わり、サイトの一覧が現れる。

　その中の一つが瑞帆の目にとまった。タイトルをクリックして、そのサイトにアクセスする。それは、有名なある心理カウンセラーのブログだった。

《……愛ある暴力は存在しません。暴力ある愛も存在しません。暴力にあるのは恐怖と支配だけです。そういった相手の行為を愛だと感じるという人もいます。でもそれは決して、愛などではありません。なぜならば人を傷つけたり、暴言を放ったりする人は、相手を愛しているのではなく、支配したいと思っているからです。暴力を振るわれても

「自分が悪いから」「愛してくれているから」と勝手に思い込み、相手の支配欲を愛だと勘違いしてしまいます。これはとても危ない兆候です。もしそうだとしたら、そういった関係は一刻も早く解消してください。深刻な事態に陥るかもしれないからです》

　瑞帆は目を見張る。

　そこに書かれているのは、まさに自分のことのように思えたからだ。さらに関連するほかのサイトにもアクセスすると、以下のような記述を見つけた。

《暴力的な支配を受けている状態のことをサレンダー心理と呼ぶ。サレンダー(Surrender)とは、降伏や降参するという意味だ。サレンダー心理とは、虐待を受けると相手に気に入られようと、媚《こ》びへつらってしまう心理のことである。相手を喜ばせるために、周囲には虐待されているという事実を隠し、仲のいいようなふりをするのだという。この状態が進行すると危険である。虐待により感覚が麻痺《まひ》してしまい、相手を理想化してしまうからだ……》

　スクロールする画面。マウスを操作する手が震えている。

　そうなのかもしれない。

　自分は「愛されていた」のではなく、「支配されていた」……。

　思わずはっとする。何か我に返ったような感覚だった。瑞帆はやっと気がついた。隆と交際するようになってからこの八年間、自分は支配されていたということを……。

　このまま交際を続けていけば、取り返しの付かないことになるのかもしれない。彼との関係を断ち切れないと、一生を台無しにする可能性もある。

それから一ヶ月ほどして、彼女は隆の部屋を出た。衣服や持ち物を引き上げて、別のところに部屋を借りた。自宅にほど近い場所にあるコーポの一室である。別れを切り出した時、今度は一抹のためらいもなかった。勇気を振り絞って、隆にこう告げる。

「このままでは二人は駄目になる。別れた方がお互いのためだと思う。これからは、自分の人生を歩んでゆきたい」

その言葉を聞くと、彼は押し黙った。瑞帆は身構える。また怒り出すのだろうか。それとも泣き出すのか。何を言われようが、今度は別れようと思っていた。でも、その反応は意外なものだった。

「瑞帆の気持ちはよく分かった……そうだよな。別れるのはつらいけど、ここは、お前の気持ちを大事にしなきゃならないんだろうな……。今まで本当にありがとう。お前には感謝しかないよ」

かつての担任教師のような口ぶりで言う。瑞帆の決意が伝わったからなのか、あっさりと申し出を受け入れてくれたのだ。

こうして彼女は高校生の時から交際していた隆と別れ、新しい人生を歩み出すことになった。


それから二年が経過する。彼女は二十七歳になった。

隆と決別して、生活も充実していた。仕事も順調だった。そんな時、一通のメールを受信する。

—ちょっと会えないか？　話したいことがある—

隆からだった。スマホを手に、彼女は困惑する。もう話すことなど、何もないはずだった。返信するかどうか迷ったが、ここは自分の気持ちをきっぱりと告げた方がいいかもしれないと思った。彼にメールを返す。

—忙しいので無理です。もう会うことはありません—

すると、すぐに彼からの返信が届いた。

—ちょっとでもいいから時間がほしい—

無視していると、さらにメールが続く。

—また会いたい—

――俺にとってお前が全て――

――お前が全て――

――お前が全て――

――お前はまた俺に会いたくなる――

――絶対に――

執拗《しつよう》に続くメール。瑞帆は恐ろしくなった。彼に支配されていた日々が蘇《よみがえ》ってくる。すぐにメールのアドレスを変えた。携帯電話の番号も、違うものにした。これで彼との関係は断ち切れたはずである。だがその考えは甘かった。

それから、しばらくしたある日のことだ。

夜の十時を過ぎていた。自分の部屋があるコーポの前。帰宅してきた彼女の足が止まった。建物の前に誰かいる。反射的に物陰に身を潜めた。遠くからその人物の様子を窺《うかが》う。痩《や》せぎすのウインドブレーカー姿の男。隆だった。

息が止まりそうになる。彼はまだ、自分に気づいていないようだ。思わず踵《きびす》を返した。コーポとは違う方向に駆け出す。その日は部屋に戻らず、実家に泊まった。

恐れていたことが起こった。悪夢は終わりを告げたわけではなかったのだ。ついに隆が、自分の住むコーポにまで姿を現すようになった。彼と別れる時、引っ越し先の住所を教えた覚えはなかった。どこかで調べたのだろうか。もう怖くてあの部屋には戻れない。瑞帆はすぐに不動産会社に電話して、部屋を解約した。

別の場所に移り住んでも、彼女の不安は解消されることはなかった。いつどこに、彼がまた姿を現すかもしれない。出勤する時も、帰宅途中も、隆の姿に怯《おび》える日々が続く。

そして数ヶ月後、その不安は現実のものとなる。

仕事が終わり、瑞帆は職場があるビルを出た。すると、建物の前の道路で、うすら笑いを浮かべた隆が待ち構えていたのである。

全身が硬直する。彼は笑顔のまま、こっちに近寄ってくる。行く手を阻まれた。逃げ出そうにも逃げ出せない。

「嬉《うれ》しいよ。やっと会えた」

言葉が出ない。脳裏に恐怖感が蘇ってくる。通行人が二人を奇異な目で見て、通り過ぎていった。隙を見て、彼の傍らをすり抜ける。

小走りで、駅に向かって歩いた。背後から隆がついてきて、声をかけてくる。

「少し話したいんだけど」

後方を一切振り返らずに、瑞帆は答えた。

「話すことなんか、もう何もないでしょ」

「そんなこと言うなよ。……ずっと心配してたんだ。お前のこと」

瑞帆は口を閉ざした。そのまま歩き続ける。

「仕事は上手《うま》くいっているのか。何か困ったことはないか。俺が力になれることがあったら、何でも相談して欲しい。俺はいつでもお前のことを一番に考えている。お前のことを大切に思っている……お前がいなければ」

怒りがこみ上げてくる。瑞帆は思わず、声を荒らげる。

「もういいから……ほっといて」

立ち止まり、彼を睨《にら》みつけた。

「いい加減にして。もうこれ以上、私に付きまとわないで。私はもう金輪際、あなたと関わりたくないの。お願いだから、私の人生を滅茶苦茶《めちゃ》にしないで」

思いの丈をぶちまけた。その途端、彼の顔からうすら笑いが消える。険しい目で瑞帆を見据える。あの射《い》貫《ぬ》くような眼差《まなざ》しである。そして吐き捨てるように言う。

「何だよお前、その言い種《ぐさ》。被害者ぶりやがって。偉そうに」

瑞帆を睨みつけた。その目には憎しみが込められている。彼女は慄然《りつぜん》とする。殴られるかもしれない。いや、それだけでは済まないかもしれない。

思わず、その場から駆け出した。もうこれ以上、彼の近くにいてはいけない。何をされるか分からない。

必死に走った。彼が追いかけてきているかどうか分からない。後ろを振り返る余裕がなかったからだ。ただ闇雲に疾走する。

やがて自分がどこを走っているのか、分からなくなった。それでも瑞帆は、足を止めることは出来ない。

彼のことが心底恐ろしかった。心臓がはち切れそうになっても、走り続けた。

やがて力尽きると、道端で立ち止まった。荒い息のまま、恐る恐る背後を見る。隆の姿はなかった。辺りを見渡しても、怪しい人影は見当たらない。追いかけてこなかったのだろうか。しかし、安心は出来なかった。まだ近くにいるかもしれない。

不安な思いを抱えたまま、瑞帆は家路についた。もしかしたら尾行されているかもしれない。また自宅を知られたら、引っ越さなければならない。念のため、何度か回り道をしながら家路についた。一人部屋にいても、心が落ち着くことはなかった。かつては「特別な存在」だったはずの男性。世界の中心だと思っていたこともあった……。でも今はその感情が反転し、恐怖の対象に変わり果ててしまった。

それからはもう気が気でなかった。いつ、また会社の前に姿を現すかもしれない。そう思うと、仕事に行くのも怖くなった。仕方なく会社を辞めることにした。

次の仕事が見つかるまで、アルバイトをして生計を立てようと思った。郊外のファミリーレストランのホールスタッフ。だがそれも長く続かなかった。ここにも隆が現れるかもしれない。客として彼が来たら、どうすればいいのだろう。悪い想像が頭を支配した。仕事も手につかなくなる。こうしてアルバイトも、何度も替えることになった。

隆の影に怯え続ける日々。バイト以外は極力外出を控え、部屋に閉じこもっての生活が続いた。どうしてこうなってしまったんだろう。自分の運命を呪うしかない。

十七歳の時、彼と出会っていなければ、こんなことにはならなかった。今思えば、あの頃の自分は幼かった。男性を見る目が、本当になかったと思う。あれは恋愛なんかじゃなかった。あの男は、まだ何も知らない娘を誑《たぶら》かし、恐怖と暴力によって支配し続けたのだ。

もしタイムスリップできるのなら、過去の自分に教えてあげたい。彼は、本当はとんでもない奴なのだと。ほかの生徒に声をかけていたというのも、本当のことなのだろう。自分以外にも、手をつけられた生徒はいたに違いない。だから高校をクビになったのだ。でも自分は、あの男の苦し紛れの言い訳を鵜呑《うの》みにしてしまった。悔やんでも悔やみきれない。

彼と交際し始めた当初、運が向いてきたと思ったのは錯覚だったのだ。隆こそが、忌むべき存在であったことに気がつくべきだった。状況を打破するためには、一体どうすればいいのだろうか。

アルバイトは長続きせず、次の仕事もなかなか見つからなかった。貯金は減って行き、家賃も払えなくなってきた。実家に帰ろうかと思っていた矢先のことである。母から携帯に電話が入った。

〈今日ね、うちに瑞帆を訪ねて人が来たの〉

「人が来た？　誰」

〈あなたの高校時代の担任の倉島先生〉

その名前を聞いて、瑞帆は息を呑んだ。

〈今度、クラスの同窓会をやるから、あなたの連絡先を教えてくれないかって言うの〉

「教えたの？」

〈ううん。教えてないわ。一応あなたから連絡させますって言って帰ってもらった〉

そう言うと母が口籠《くちご》もった。

〈だってなんか変でしょ。担任の先生が同窓会の幹事みたいなことして。それに、わざわざ家に訪ねてきたり〉

「絶対教えないでね、連絡先も、住所も」

〈うん。分かったけど、どうして〉

「いいから、絶対に。お願い」

そう言うと電話を切った。

母の機転にひとまず安堵《あんど》する。

でも、これで実家にも戻れなくなった。きっと彼は、家の前で自分の帰りを待ち構えているのだろう。そう思うと、怖くて近寄れない。

もうここに、自分の居場所はないのかもしれない。

逃げなければ。彼の目の届かない所に……。

瑞帆は静岡を離れることを決意する。そして、千葉の不動産会社の求人を見つけ、生まれ故郷を後にしたのだ。

四

「よかったよ。やっと会えて」

千葉県××駅、二階の改札フロアー。

三年ぶりに対峙《たいじ》する隆を前に、瑞帆は立ちすくんでいる。まさか、千葉にまで来るとは思っていなかった。

「ずっと捜していたんだ」

そう言うと隆は、屈託のない顔で笑った。浅黒い顔の目尻《めじり》に皺《しわ》が寄る。その顔を見て虫唾《むしず》が走った。記憶の奥底に封じたはずの嫌な思い出が蘇《よみがえ》る。もう二度と関わり合いになりたくなかった。逃げなければ……。思わず駆け出した。反射的に、自分が住んでいるコーポとは別の方向に走る。絶対に、彼に今の住所を知られたくなかった。

「ちょっと待ってくれ」

隆も慌てて走り出した。すぐに追いつき、瑞帆の腕を摑《つか》もうとする。その途端、歩いてきた通行人とぶつかった。三十代くらいの男性である。男性がよろけ、被《かぶ》っていた帽子が飛ぶ。隆がひるんだ隙に、瑞帆は一気に走った。滑るように階段を駆け下りる。

駅の北口に出た。夜遅く、バスロータリーには、通行人の姿はあまりなかった。停留所にバスを待つ人がまばらにいるだけだ。北側は南側に比べて閑散としている。瑞帆の自宅は南口の方向にあった。南側の方が、商店は多く、人通りもあるのだが、仕方なかった。

バスロータリーを走り抜けて国道に出る。道路の両側には、工場やマンションが建ち並んでいる。車はほとんど走っておらず、道路はがらんとしている。しばらく歩道を走ると、路地に入った。右左折を繰り返しながら、住宅やアパートの続く道を走る。どれくらい走り続けただろうか。苦しくなって、咄嗟《とっさ》に目の前にあった駐車場に駆け込んだ。月極《つきぎめ》の駐車場である。砂利石の地面に、乗用車以外にもトラックが数台並んでいる。息を整えながら、背後を振り返った。彼の姿はない。

胸をなで下ろして、その場に蹲《うずくま》る。それと同時に声がした。

「瑞帆」

はあはあと荒い息を吐きながら、隆が駐車場の敷地に入ってくる。慌てて逃げ出そうとするが、足がふらついて上手く走れない。

「ちょっと待ってくれ。お前は何か勘違いをしている」

そう言いながら、彼がどんどん迫ってくる。

「俺は謝りたくって、ここに来たんだ。どうしても、お前に会って、一言謝りたくって」

これ以上は走れなかった。観念して後ろを見る。街灯を背に近寄ってくる、隆のシルエット。瑞帆は身構えた。少し離れた場所で、彼も足を止める。

「何か誤解しているんじゃないかと思って。俺のこと……。だから、その誤解をなんとか解きたいと思って……。だからずっと捜していたんだ。お前のこと」

思わず瑞帆は、声を振り絞る。

「あなたと話すことなんか何もないから。もう来ないで」

「違うんだ。聞いてくれ。……もし瑞帆のことを傷つけているとしたら、本当に悪かった。そんなつもりじゃないんだ。俺、お前のことを、本当に大事だと思って」

「そう思ってるんだったら、こんな所まで追いかけて来ないでよ。もう二度と、私に近づかないで」

瑞帆は声を荒らげた。隆は怯《おび》えたような顔で言う。

「分かった……。そうする。俺たちはもう終わりなんだ。二度とお前には近寄らない。約束する」

彼を睨《にら》みつけた。そんなの嘘に決まっている。瑞帆が黙っていると、隆は言葉を続ける。

「本当だ。信じてくれ。絶対に……。神に誓ってもいい」

真剣な目でこっちを見ている。瑞帆は彼を見据えたままである。

「だから俺のことをそんな目で見ないでくれ。嫌いにならないでくれ」

そう言うと彼は、じわじわと近寄ってきた。思わず後退《あとずさ》る。

「俺にとってお前は全てだった。お前しかいなかった。俺がどんなにお前のことを大事に思っていたか。そして今もどんなに大切に思っているか……そのことだけは分かってくれ。そうじゃないと俺は、もう生きている意味はない……」

感極まった様子で語る隆。その両目には涙が浮かび上がっている。彼を刺激してはいけない。心を落ち着かせ、なるべく穏やかな口調で瑞帆は言う。

「分かった……。あなたの気持ちは分かった。だからいいでしょ。もう帰って。約束して。もうここには来ないで。お願いだから……」

その言葉を聞いて、隆は泣きながら何度も頷《うなず》いている。哀れな中年男の姿だと思った。そこには、かつて人気者だった高校教師の面影はない。瑞帆はゆっくりと動き出した。彼から視線を逸《そ》らさぬようにして、その場から立ち去ろうとする。だがその時、彼の口が開いた。

「待って……」

そう言うと隆が動き出した。後ろから抱きついてくる。

「やめ……」

悲鳴をあげようとするが、両手で顔を摑まれた。唇を押し当ててくる。鼻孔に届く男の体臭。身体中に鳥肌が立つ。満身の力を込めて、突き飛ばした。

乗用車の車体に、彼の身体が叩《たた》きつけられる。その隙に瑞帆は逃げようとする。

「何すんだよ」

隆はすぐに起き上がった。瑞帆の身体をとらえると、また抱きついてくる。

「どうしてお前は俺の気持ちが分からないんだ。これほど愛しているのに……なんで俺のことをそんなに嫌うんだ」

「離して、離してよ」

「俺がお前を女にしてやったのに……なんで……」

思わず両耳を塞《ふさ》ぎたくなった。

聞きたくはなかった。だが確かにそうなのだ。彼が瑞帆の「初めての男」だという事実。こんな最低の男が……。まるで自分自身の存在を否定されたかのような感覚。

消し去りたかった。自分の忌まわしい過去を……。

抹消したかった。この男との記憶を、全て……。

「もうやめて……離してって言っているでしょ」

必死にもがき続けた。すると、隆はあきらめたように言う。

「分かった。もういいよ」

彼は両腕の力を抜いた。瑞帆の身体は解放される。彼女をじっと見ると、隆は言う。

「じゃあ、お前の望み通りにするよ」

　ズボンのポケットから、何かを取り出した。黒光りする物体。刃を引き出すと、それが折りたたみ式のサバイバルナイフであることが分かる。瑞帆の顔から、一瞬で血の気が引いた。

「別にお前をどうこうしようってわけじゃないから」

　そう言うと、ナイフの刃先を自分の方に向けた。柄の側を瑞帆に差し出す。

「さあ、殺せよ」

「やめてよ」

「瑞帆がそんなに嫌がるんなら、俺はもう生きている意味はない。さっさと殺せよ」

　ナイフを手にしたまま、彼がにじり寄ってくる。

「お前に殺されたら、俺は本望だから」

　隆が目の前で立ち止まった。ナイフの刃先を自分の喉元《のどもと》に向けたまま、乾いた目でこちらを見る。

「このナイフで俺を殺してくれ。さあ、早く」

　瑞帆は呆然《ぼうぜん》とする。もちろん本気ではないことは分かっていた。これはある種の「死ぬ死ぬ詐欺」なのだ。いつもの彼の手口である。こうやって相手を追い詰めて、自分が優位に立とうとしているのだ。「ごめん私が悪かった。許して。お願いだからやめて」などと、優しい言葉をかけてもらうことを期待しているのである。その魂胆は明白だ。

「さあ早くしろよ。俺はもう生きていても仕方ないんだから。さっさと殺してくれ」

瑞帆を虚《うつ》ろな目で見据えると、彼は言葉を続ける。

「お前に出会ったことが、俺の不幸の始まりだった……。俺の人生滅茶苦茶《めちゃ》にしやがって……。お前なんかに誘惑されなければ、もっとまともな人生だったのに……」

瑞帆は我が耳を疑う。

この男は何を言っているのか。それはこっちの台詞《せりふ》である。人生を滅茶苦茶にされたのは、自分の方だ……。湧き上がってくる怒りの感情に、全身が支配される。

「さあ早く殺せよ。そうしないとお前は永遠に、安心して生きられないんだぞ。俺は一生お前に付きまとってやるからな。知ってるんだ。お前の住所も、今の会社も全部……」

ナイフの柄を握りしめたまま、勝ち誇ったように言う。隆の顔に、下卑た笑みが浮かび上がった。

確かに彼の言うとおりだ。この男が生きている限り、自分には永遠に平穏は訪れないのだ。十年以上にも亘《わた》って、自分の人生を支配し続けた男。彼の存在が、この世から抹消されれば、自分はどんなに楽になるのか。この男さえいなくなれば。そうだ。そうなのだ……。

その途端、反射的に身体が動いた。

隆が持つナイフの柄に、瑞帆も自分の両手を重ねる。彼女の予期せぬ行動に、彼の顔は、うすら笑いを浮かべたまま固まった。

その刹那《せつな》――

満身の力を込めて、ナイフをぐっと押し込んだ。無骨な刃先が彼の浅黒い肌を破り、喉元にずぶずぶと埋まってゆく。

五

閉め切られたカーテンの隙間から、光が差し込んでいる。

いつの間にか空が白んでいた。

もちろん一睡もしていない。窓から目を背けると、再び虚空を見つめる。現実を嚙《か》みしめた。自分はとんでもないことをしてしまった……。

隆の死体はどうなったのだろう。もう誰かに発見されたのだろうか。首にナイフを突き刺した男の死体。見つけた人は、さぞ驚いたであろう。発見者は警察に通報し、今頃は捜査が始まっているに違いない。瑞帆の脳裏には、あの駐車場に何台ものパトカーや救急車が集まっている光景が浮かび上がった。

もしかしたら、もう事件として報じられているかもしれない。自分が起こした事件のニュースを見るのは恐ろしかった。でも現実を受け止めなければならない。起き上がると、ベッドの上に置いてあったスマートフォンを手に取った。

不安な気持ちで、インターネットの検索サイトを見る。ホーム画面に最新ニュースの項目が並んでいる。それらしき事件の記事は見当たらない。検索画面に「千葉」「駐車場」「遺体」と打ち込んでみるが、該当するような事件は出てこなかった。念のためほかのサイトも見てみるが、同じである。まだ報じられていないようだ。

テレビをつけて、早朝のニュース番組や情報番組をザッピングする。だがそれと思《おぼ》しき事件のニュースは報道されていなかった。テレビで取り上げるほどのニュースではないということだろうか。しかし、一人の男性が惨殺されたのである。報じられるのは時間の問題なのだろう。

瑞帆は覚悟を決める。

再びスマートフォンを手に取る。警察に電話しようと思った。数字が並んでいるキーパッドを開く。意を決して、1、1と押した。そして0を押そうとしたところで、指が止まる。

いざとなると恐ろしくなった。番号を削除してスマホの画面を消す。本来ならば、昨《ゆう》夜《べ》のうちに警察に連絡すべきだったのだ。でも怖くなって、その場から逃げ出してしまった。時間が経てば経つほど、罪も重くなるに違いない。

再びスマホの通話画面を開く。警察に電話しようとするが、やはり怖くて躊躇《ちゅうちょ》してしまう。スマホをテーブルの上に置いた。深呼吸して、心を落ち着かせる。考えを整理することにした。

やはり、自分から警察に連絡するのは無理である。恐ろしくて、どうしてもできない。自首しなくても、きっとすぐに逮捕されるのだろう。警察はすぐに犯人を割り出すに違いない。自分が逮捕されるまで、もうあまり時間はない。それまでの間、束の間の自由を享受してもいいのではないか。瑞帆はそう思った。

隆を殺害したことは微塵《みじん》の後悔もない。あの男は「一生付きまとってやる」と言ったのだ。殺さなければ自分は生涯、彼の恐怖から逃れることは出来ないと思った。やっと、倉島隆という存在が、この世界から消えたのである。自分を脅かす存在はもうこの世にはいない。

いつ警察が来るのかは分からない。それは今日なのかもしれないし、明日なのかもしれない。自分に残された時間が、どれくらいあるのかは不明である。たとえそれが、どんなにわずかだとしても、彼の支配から逃れた時間を享受したい……。そう思うのは、許されないことなのだろうか。

もちろんそれが、不埒《ふらち》な願いであることは分かっている。理由はどうあれ、自分は人を殺してしまったのだ。それが人の道に外れた行為なのは、重々承知している。もちろん逮捕された後は、きちんと罪を償うつもりだ。

その前に少しだけ、体感したいのだ。「倉島隆」という男の存在が消えたこの世界を……。

彼の恐怖に怯《おび》えることのない、平穏な時を……。

その日は、普通に出勤することにした。

ベッドサイドのスタンドミラーの前で、念入りにメイクする。会社に行って、憔悴《しょうすい》のほどを悟られるとまずい。

午前七時十分。いつもより少し早い時間に、部屋を出ることにした。恐る恐る玄関のドアを開く。隙間から顔を出し、部屋の外を窺《うかが》う。もしかしたら、刑事が待ち構えているかもしれない。そう思ったからだ。テレビの刑事ドラマでよく見るシーンである。

だが外には誰もいなかった。周囲を見渡しながら、廊下に足を踏み出す。手早く施錠を済ませると、階段を駆け下りた。

コーポの外に出る。刑事らしき人の姿は見当たらない。張り詰めた気持ちのまま、駅に向かって歩き出す。

空を見上げると、太陽はどんよりと厚い雲に覆われていた。まるで瑞帆の心情を表しているようである。いつ刑事に声をかけられるか分からない。辺りに注意を払いながら、住宅街の道を進んでゆく。駅に向かうサラリーマンや、犬を散歩させている老人。いつもと同じ通勤の道なのだが、心臓の鼓動はどんどんと高鳴ってゆく。

途中で、コンビニに立ち寄ることにした。朝刊数紙とスポーツ新聞を購入する。もしかしたら、事件のことが報じられているかもしれない。そう思ったからだ。

買い物を終え、コンビニを出る。駅に近づくに従い、動揺も激しくなってきた。近くで死体が見つかったのだ。駅の周辺は大騒ぎになっているかもしれなかった。

だが、到着すると拍子抜けする。騒ぎになっている様子はない。パトカーや警官の姿もなく、マスコミらしき人たちも皆無だった。いつもの朝と同じである。足早に歩く大勢の通勤客や学生の姿があるだけだ。

階段を上り、改札口がある二階に着く。乗客たちが吸い込まれるように、駅の構内へと入ってゆく。瑞帆は自動改札機の前で足を止めた。北口の方に視線を向ける。駅の反対側にある、あの駐車場が気になったからだ。

あそこに行って、状況を確認してみたいという衝動にかられる。隆の死体は発見されたのだろうか。警察の捜査はどこまで進んでいるのか。知りたいと思った。でもやはり、今は近寄らない方がいいのだろう。

構内に入ると、まずはトイレに駆け込んだ。個室のドアを閉めるとすぐ、バッグからコンビニで買った新聞各紙を取り出す。慌てて紙面に目を通すが、どの新聞にも事件の記事は出ていなかった。記事の締切に間に合わなかったのだろうか。新聞の締切は深夜の二時頃だと聞いたことがある。ということは、少なくともそれまでは、死体は発見されていないということなのか。

新聞をバッグに仕舞い、トイレを出る。ホームへの階段を下りると、すぐに電車がやってきた。ドアが開き、乗客で溢《あふ》れる車内に入る。わずかに空いたスペースに身体を滑り込ませると、発進音とともに、電車が動き出した。

さりげなく車内を見渡す。

周りの乗客は誰も気がついていない。この電車の中に、殺人犯が乗っているということを。彼らは知らないのだ。隣の女は昨夜、男を一人殺したということを……。

電車に揺られながら、瑞帆は考えた。一体、自分が逮捕されるまで、どれだけの時間が残されているのだろうか。日本の警察は優秀だと聞く。死体が見つかれば、携帯電話や免許証などの所持品から、すぐに身元は割り出されるに違いない。そこから交友関係が調べられる。自分にたどり着くまで、さほど時間はかからないのだろう。

さらに瑞帆は、サバイバルナイフを突き刺したまま逃げてしまっている。彼女は素手でナイフを握っていた。ナイフの柄には瑞帆の指紋が付着している。今にして思うと、迂闊《うかつ》だったと言わざるを得ない。彼の首からナイフを引き抜いて、逃走すればよかったのだ。

いや、そんなことをしても無駄である。ナイフを持ち去ったとしても、自分の犯行が隠しおおせたというわけではない。大抵の駐車場には防犯カメラが設置されている。昨夜は気が動転して、確認する余裕はなかったが、あの駐車場にもカメラがあったに違いない。カメラが設置されていたら、犯行の一部始終が記録されているはずだ。それを見れば、誰が犯人であるかは、一目瞭然《いちもくりようぜん》である。

それに、もし駐車場になかったとしても、駅には間違いなく防犯カメラが設置されている。よくニュース番組などで、駅の防犯カメラに、指名手配犯や逃走犯など、重要事件の容疑者が映った映像を目にすることがある。いずれにせよ、警察が瑞帆にたどり着くのは、時間の問題だった。逮捕されたら、絶対に言い逃れは出来ない。凶器のナイフには、指紋が付着しており、防犯カメラには犯行の一部始終が映っているからだ。そこまで考えると、彼女は絶望的な気分になった。

その時である。ふと何か違和感を覚えた。

誰かに見られている——

そう思い、車内を見渡した。混み合った通勤電車の風景。これといって不自然な点はない。でも、強い視線を感じた。もしかしたら、尾行されているのか。警察が自分を容疑者として割り出し、後をつけてきたのだろうか。電車を降りたら、逮捕されるのかもしれない。

電車が、会社の最寄り駅に着いた。

車内アナウンスとともに、ドアが開く。降車する乗客達の流れに乗って、瑞帆もホームに降り立つ。身構えながら、改札の方に向かう。誰も声をかけてくる気配はない。瑞帆は心のなかで叫ぶ。逮捕するなら、早く捕まえて欲しい。

駅を出て、会社へと向かう。瑞帆の勤務する不動産会社は、ここから歩いて五分ほどである。ビル街の道を進んでゆく。誰かに見られているような感覚は続いている。周りを歩いているスーツ姿の通行人が皆、刑事ではないかと思ってしまう。

会社があるビルにたどり着いた。エントランスの中に入る。数年前に竣工《しゅんこう》した商業施

設である。高層ビルの中に、幾つかの会社や店舗が入っている。エスカレーターに乗り、
二階にある不動産会社のオフィスに向かう。会社が近づいてくると、さらに心がざわめ
いてくる。店の前で、警察官が待ち構えているかもしれない。
二階フロアーに到着する。覚悟して会社の方に向かう。店舗のほとんどが開店前のた
め、人の姿はあまりない。カフェや中華店などの飲食店や歯科医院の前を通り過ぎると、
視線の先にガラス張りの店舗が見えてきた。ガラスには一面に、物件の資料が貼られて
いる。瑞帆が勤務する不動産会社である。歩速をゆるめ、周囲の様子を窺う。待ち構え
ているような人の気配はない。
店舗の入口を通り過ぎ、その脇にある社員通用口の前で立ち止まった。入構カードを
バッグから取り出し、ドアを開ける。
「おはようございます」
オフィスに入り、同僚と挨拶《あいさつ》を交わした。動揺を悟られぬよう、なるべく平静を装い、
声をかける。どうやら気づかれていないようだ。でもデスクに着いて少しすると、上司
の徳島《とくしま》が血相を変えて来た。
「木村さん、どういうことだ……」
徳島は四十代後半、課長職の男性である。普段は穏やかで、声を荒らげることはあま
りない。瑞帆は身構える。警察から会社に、連絡が入ったのだろうか。それとも自分の
態度に、どこか不自然な所があったのか。慎重に言葉を振り絞る。

「どうか……しましたか？」

「驚いた。完璧《かんぺき》だよ」

「完璧？」

「大変だっただろう」

すると、徳島は持っていた書類を掲げる。

「ありがとう。全部まとめてくれて。本当に助かった」

「あ……名簿のことですか」

徳島が掲げた書類は、瑞帆が昨夜作成した顧客名簿である。

「そう。昨日、残業遅くまでやってくれたんだね。大変だったんじゃないのか」

「いえ、九時には終わりましたので。全然大変じゃなかったです」

「そう。いや本当に助かったよ。今度埋め合わせするから」

「いえ、大丈夫です。仕事ですから」

「遠慮しなくてもいいから」

「本当に大丈夫ですので」

瑞帆がそう言うと、彼は少し寂しそうな顔をする。

徳島は仕事も出来て、細身で背も高い。身なりも清潔で、外見も悪くない。だから自信があるのだろうか、瑞帆は何度も彼に食事に誘われたことがあった。聞く所によると、彼は何年か前に離婚し、現在は独り身なのだという。自分に好意を寄せているという噂を、同僚から聞かされたことがあった。噂が本当かどうかは知らないが、もう歳上はこりごりだ。そんなこともあって、彼からの誘いを頑《かたく》なに断り続けていた。

業務が始まると、徐々に動揺が収まってきた。顧客の対応や、業者との打合せ、書類の作成などに追われ、事件のことを忘れる瞬間もあった。でもオフィスの電話が鳴る度に、身を固くした。仕事の手を止めて、意識を集中させる。警察からの電話かもしれない。そう思ったからだ。だから、着信があると、なるべく早く電話を取るようにした。自分が取れなかった時は、電話を受けた人の様子を注意深く観察する。警察からの電話ではないと分かると、ほっと胸をなで下ろした。さらに、ネットニュースのチェックも忘れなかった。仕事の合間にさりげなく、スマホの画面を盗み見た。だが、まだそれらしきニュースは出ていなかった。

午後は、内見の立ち会いのために外出した。

会社の車の後部座席に客を乗せて、瑞帆の運転で現地まで向かう。客は物腰の柔らかい三十代の男性である。株式関係の仕事をしているという。

現地に到着する。物件の駐車場に車を入れ、男性客とともにエントランスに向かった。物件は去年出来たばかりのタワーマンションだ。エレベーターに乗り、高層階で降りる。解錠して部屋の中に入った。2LDKの広々とした室内。窓からは千葉の市街地の風景が一望できる。部屋を見ると、男性客は一目で気に入ってくれた。今まで幾つか部屋を見せたが、なかなか決まらなかったのだ。一通り室内を見ると、男性客は嬉《うれ》しそうに言う。

「いや、本当に素晴らしい物件ですね。あなたにお願いして本当によかった。ありがとう」

「いえ、とんでもありません。それはよかったです……」

瑞帆は言葉を濁す。急に昨夜のことを思い出してしまったのだ。うまく言葉が出てこない。少し気まずい雰囲気になった。契約が決まったので、本来ならばもっと喜ばなければならないのだが。彼が怪訝《けげん》な顔で言う。

「どうかされましたか?」

「いえ……」

このままではいけない。接客に徹さなければ……。気持ちを切り替えて、満面の笑みを浮かべて言う。

「羨《うらや》ましいと思いまして……。こんな素晴らしい部屋にお住まいになるなんて」

内見を終えて、会社に戻った。

午後七時ごろ、業務が終了する。オフィスを出ようとすると、同僚の女性に食事に誘われた。でもそんな気分ではない。約束があると嘘をついて、一人駅に向かった。

結局その日は、会社の電話にも瑞帆のスマートフォンにも、警察からの電話はかかってこなかった。捜査はどこまで進んでいるのか。警察はまだ、犯人を割り出していないのだろうか。気になって仕方ない。だがもちろん、警察に問い合わせるわけにもいかなかった。

駅に到着する。電車に乗ると、すぐにバッグからスマホを取り出した。ニュースサイトを見るが、昼間と同じである。どこにも事件の記事は出ていない。

あれから、もう二十時間以上が経つ。事件が発覚し、報道されていてもおかしくはないはずだ。これはどういうことなのだろうか。

つり革を握りしめ、瑞帆は考える。もしかしたら、警察がマスコミに対し、事件について公表を控えるような措置を取っているのではないか。誘拐事件が起こった時など、報道規制が敷かれることがあるという。きっとそういうことなのかもしれない。でも、よく考えてみると、自分が起こした犯罪は誘拐ではない。とくに警察が、報道規制を敷くような理由は思い当たらなかった。

午後八時すぎ、電車は自宅の最寄り駅に到着する。

降車する乗客の流れに乗って、改札口に向かう。自動改札を通り抜け、切符売り場の前に出た。二階の改札フロアー。昨夜、隆に呼び止められた場所である。

歩きながら、さりげなく辺りを見渡した。朝と同じである。騒ぎになっている様子はない。警察官の姿も見当たらない。立ち止まらずに、南口の階段に向かってゆく。反対側の北口の方が気になった。だが、そのまま歩き続ける。ここには防犯カメラがある。あまり不審な行動を取ると怪しまれる。

帰りにコンビニに立ち寄った。夕食用のサンドイッチとサラダを買う。あまり食欲はなかったのだが、何か食べておいた方がいい。

　コンビニを出て夜道を歩いていると、一台のパトカーがこっちに向かってきた。緊張が走る。思わず物陰に隠れたくなった。しかし、怪しい行動を取るのもまずい。張り詰めた意識のまま、歩き続ける。パトカーはゆっくりと、瑞帆の傍らを通り過ぎ、夜の道に消えていった。

　部屋に戻ると、すぐにテレビをつけた。ニュース番組をやっている局にチャンネルを合わせる。リモコン片手に、食い入るように画面を見た。

　番組で取り上げていたのは主に、観光バスが高速道路で起こした玉突き事故や首相の外遊の話題だった。最後まで見るが、「千葉県の駐車場で、男性の遺体が見つかった」などというニュースが報じられることはなかった。ほかのテレビ局の報道番組も見たが、ほとんど同じような内容である。

　事件はまだ発覚していないのだろうか。いや、そんなはずはない。隆を殺してから、丸一日が経とうとしている。その間、遺体が見つからないという状況は考えにくい。彼を殺した場所は、住宅街のなかの月極《つきぎめ》駐車場なのだ。トラックなども停まっていた。昼間は頻繁に、利用者が出入りしているはずである。首にサバイバルナイフを突き刺した遺体が倒れていたら、大騒ぎになるに違いない。

　きっと何らかの事情で、報道されていないのだろう。もしくは、ニュースになるほどの事件ではないということなのか。警察は隆の死を殺人事件ではなく、自殺であると考えている可能性もある。そうだとしたら、瑞帆には好都合だ。

だが果たしてそうだろうか。警察はそんなに甘くはないだろう。明らかに不審な死体である。自殺なのか他殺なのか。まずは駐車場の防犯カメラをチェックするはずだ。それを見れば、殺人事件であることは一目瞭然《いちもくりょうぜん》である。犯人の姿もカメラに映っている。警察が瑞帆にたどり着くのは、時間の問題であることは明白なのだ。やはり明日には、自分は逮捕されるかもしれない。

その時だった。突然ぶるぶるという振動が、部屋中に響き渡る。傍らにあったスマホのバイブレーション機能が作動している。瑞帆は身を強《こわ》ばらせる。

警察からなのだろうか。ついに、自分は犯人と特定されたのだろうか。

意を決して、震えているスマホを手に取る。画面には発信者の名前が表示されている。警察ではなかった。

通話ボタンを押すと、相手の声が聞こえてくる。

〈もしもし、津坂《つさか》です。ごめんね、こんな時間に。今大丈夫かな?〉

電話してきたのは、津坂慎也《しんや》だ。彼とは半年ほど前、知人の紹介で知り合った。年齢は瑞帆の一つ下で、WEB関係の会社に勤務しているという。

〈明日の予定、大丈夫かなと思って〉

「あ、そうだよね。明日……」

そう言いながら、瑞帆は思い出した。明日の夜、彼と約束していたのだ。別に交際しているというわけではないが、一度誘われて、イタリアンレストランに行ったことがある。明日も彼に食事に誘われていた。その確認のＬＩＮＥが来ていたのだが、昨夜の一件で返信をすっかり忘れていたのだ。

「ごめん。ＬＩＮＥもらってて……ちょっと仕事でいろいろとあって」

〈全然大丈夫。……でも、仕事忙しいんだったらリスケしようか？〉

心配そうに慎也が言う。

瑞帆は戸惑った。明日あたり、警察から連絡が来て、自分は連行されるかもしれないからだ。もしそうなれば、彼との約束は反故《ほご》にしてしまうことになる。でも、本当の事を言うわけにもいかなかった。咄嗟《とっさ》に適当な理由が浮かび上がらず、思わず言ってしまう。

「ううん。仕事は大丈夫だから、明日は行きたい」

〈大丈夫、無理してない？〉

本心を悟られぬよう、声に力を込める。

「うん……ごめんね、ＬＩＮＥ返さなくて。でも、本当に大丈夫だから」

そう言うと、電話の向こうの慎也の声は弾んだ。

〈よかった。めちゃくちゃ旨《うま》い焼鳥屋、予約したからさ〉

「ありがとう。楽しみ」

それから少し、彼と世間話をして電話を切った。

通話を終えたばかりのスマホの画面をじっと見つめる。まだ彼のことはよく知らない。でも、悪い印象はない。もっといろいろと話したいと思う。でももしかしたら、明日は会えないかもしれない。自分は逮捕され、警察に連れて行かれる可能性がある。どうしてこうなってしまったのだろうか。そう思うと、涙がこみ上げてきた。堰《せき》を切ったように、両目から涙があふれ出す。

スマホを手にしたまま、瑞帆は泣き続ける。

六

いつの間にか眠ってしまっていた。

朦朧《もうろう》とした意識のまま、壁掛けの時計を見る。針は午前六時を指している。泥のように眠りに落ちていた。手にはスマホを握りしめたままである。そういえば、一昨日《おととい》の夜から一睡もしていなかった。微睡《まどろ》みの中、自分が置かれた状況が蘇《よみがえ》ってくる。

自分は人を殺した。隆の喉《のど》にナイフを突き刺して……。

慌ててスマホの画面を見る。もしかしたら警察から連絡が来たかもしれない。そう思ったからだ。だが慎也からの電話の後、新たな着信はない。スマホに届いていたのは、焼鳥店の店名とURLが記された慎也からのLINEだけである。彼に返事を送ると、スマホのニュースサイトを開いた。やはり事件は出ていなかった。

試しに検索画面に「倉島隆」と打ってみた。遺体には、携帯電話や免許証など、彼の身元を特定するものが残されている。事件が発覚していれば、記事に被害者として隆の名前が出ているかもしれない。でも結局、記事は見当たらなかった。

こんなことがあるのだろうか。隆を殺してから、もう丸一日を過ぎている。狐につままれたような気分である。一体どういうことなのか。

もしかしたら……。

ふと瑞帆は思った。

もしかしたら……やっぱり、全部夢だったのかもしれない。恐ろしい悪夢だったのだ。隆が目の前に現れたのも、彼をあの駐車場で刺し殺したのも全部。

あの夜の出来事は現実ではなかった――

本当にそうなのかもしれない。おもむろに瑞帆は立ち上がった。カーテンが閉め切られた、薄暗い部屋を歩く。テーブルの上には、一口も食べなかったコンビニのサンドイッチが置かれたままだ。瑞帆は思った。もし、あの夜の駐車場の出来事が「悪夢」だったとしたら、どんなに幸せだろうか。

台所に足を踏み入れる。流しの前で立ち止まると、その場に屈《かが》み込んだ。一縷《いちる》の望みを抱いて、キャビネットの戸を開く。

彼女の淡い期待は、無残にも打ち砕かれる。水道の排水管の横に、膨らんだ半透明の袋があった。事件の夜、瑞帆が押し込んだゴミ出し用のポリ袋だ。

念のため袋を取り出した。縛り口を解《ほど》くと、中から鉛のような強烈な臭いが一気に溢《あふ》れてくる。思わず顔をしかめる。手で鼻を押さえ、恐る恐る中を覗《のぞ》き込んだ。当たり前のように、瑞帆が押し込んだ衣服やバッグが入っていた。付着した血は、一様にどす黒く変色している。

瑞帆は袋の口を閉じた。力なくその場に座り込む。

彼女は思い知る。やはり夢でなかったのだ。隆を殺したのは、紛れもない現実だった。

夜になった。

仕事が終わり、慎也が予約した店に向かう。千葉駅近くにあるビルの一階にある店。焼鳥店だというが、小洒落《こじゃれ》たイタリアンという雰囲気だ。約束より少し早い時間だったが、中に入ることにした。店内もシックな内装で、カップルで訪れている客が多いようだ。カウンターでは、職人が焼鳥を焼いており、炭火で焼かれたタレの香ばしい匂いがたちこめている。

店員に席に案内されると、もうすでに慎也は来ていた。ジャケットにジーンズ姿。WEB関係という仕事柄、ラフな出《い》で立ちである。瑞帆の姿を見ると、爽《さわ》やかな笑みで立ち上がった。

「久しぶりだね。さあ、どうぞ」

「ありがとう」

瑞帆は微笑む。すると、なぜか慎也の顔から笑みが消えた。彼女の顔をまじまじと見ている。

「どうしたの？」

「いや……何でもない。……さあ、座って」

彼に促され、瑞帆は席に着く。慎也も座ると、再び笑顔になって言う。

「仕事忙しいのに、ごめんね。時間作ってもらって」

「ううん、忙しいってわけじゃないんだけど、ちょっと、いろいろあって」

瑞帆は言葉を濁す。それ以上、慎也は聞いてこなかった。料理が来るまで、しばらく彼とたわいない会話をした。

結局、その日も警察からの連絡はなかった。自分のスマホやオフィスに、警察から電話が来るかもしれないと待ち構えていたが、そんなことはなかった。事件のニュースも、未《いま》だどこも取り上げていない。だが予断は許さなかった。もしかしたら警察はまだ、証拠固めしている段階なのかもしれない。警察は瑞帆を犯人だと特定しており、逮捕するまで自分を泳がせているのだ。

そう言えば、出勤の途中に感じる妙な違和感は今朝もあった。朝だけではない、仕事で外出する時も、会社を出てここまで来る時も、誰かに見られているような感覚があったのだ。やはり、刑事に尾行されているのだろうか。そう思うと、周りの人が皆怪しく見えた。この焼鳥店の客の中にも刑事がいる可能性もある。隣の席の若い男女は実は警察官で、瑞帆の動向を窺《うかが》っているのかもしれない。

　注文した料理が運ばれてくる。食欲はあまりなかったが、焼鳥は評判通り美味《おい》しかった。甘辛いタレの味に舌鼓を打つ。焼鳥の串《くし》を頬張りながら、慎也が言う。

「でも本当によかった。また木村さんに会うことができた」

「ううん。こちらこそ。こんないい店予約してもらって」

「でも、安心したよ。元気そうで。心配してたんだ。昨日電話で話した時は、あまり元気そうじゃなかったから」

「ちょっと仕事でミスしちゃって。でも大丈夫。今日は頑張って、挽回《ばんかい》できたから」

「そうか。それはよかった」

　昨夜は平静を装って話したつもりだった。しかし、彼には不安な気持ちを悟られていたようだ。慎也はジョッキに入ったビールを一口飲むと、瑞帆に言う。

「木村さん……ちょっと変わったよね。この前と比べて」

「え……」

　思わず手が止まる。今日も憔悴《しょうすい》を隠すために、念入りに化粧してきた。そのことも気づかれたのだろうか。

「さっき久しぶりに会った時、感じたんだ。だから……」

　恐る恐る瑞帆は言う。

「変わったって、どんな風に」

「うん……うまく言えないんだけど……」

慎也が口籠《くちご》もった。しばらく考えると、意を決したように言う。

「木村さん、何かあった」

「何かって」

瑞帆は動揺する。彼に全て見抜かれているのだろうか。慌てて彼女は取り繕った。

「別に何もないけど……。最近ちょっと、忙しかったからかな、あまり寝てなくて……」

顔色良くないでしょ」

「そうじゃないんだけど」

「え……」

「逆なんだけど……」

「逆？」

「前に会った時よりも、もっと……魅力的になったというか……」

そう言うと慎也はまた口籠もった。

ほのかに顔が赤くなっている。誤魔化すように彼は言う。

「まあ、いいや。さあ、食べよう」

食事が終わり、二人で店を出た。二軒目に誘われたが、理由を付けて帰ることにした。

夜の繁華街の道を、駅まで二人で歩いた。別れ際に彼は言う。

「また、会えるかな」

一瞬、躊躇《ちゅうちょ》した。自分は明日にでも逮捕されるかもしれない身である。約束しても果たせない可能性があった。でもそんな不安を頭から振り払い、瑞帆は笑顔で答える。

「もちろん。また行こう」

「もし差し支えなかったらなんだけど……悩み事とか、困ったことがあれば、僕にも相談してくれないか。力になれるかどうか分からないけど……」

「ありがとう」

「じゃあ、また連絡するから」

そう言うと慎也は去って行った。彼の背中を見送る。もう二度と会えないかもしれない。そう思うと切なくなった。

今自分が置かれている状況の中で、慎也の存在は心強かった。真実を全て打ち明けて、すがりたいと思った。でも絶対に、彼を巻き込むわけにはいかない。瑞帆が抱えている現実は、きっと彼の予想を遥《はる》かに凌駕《りょうが》しているからだ。もし自分が殺人犯であることを知ったら、彼はどう思うのだろうか。

もうこれ以上、慎也との関係を深めない方がいいのかもしれない。自分は人を殺《あや》めたのだ。いずれ警察に逮捕されて、罪に問われるのだろう。彼に迷惑をかけるわけにはいかない。

それにしても、隆が現れなければ、こんなことにはならなかったのだ。一昨日《おととい》の夜、あの男さえやって来なければ……。瑞帆の人生を狂わせ、何年もの間、執拗《しつよう》に付きまとってきた男。そして死んだ後も、こうして自分を苛《さいな》んでくる。

瑞帆は思い出す。隆を刺し殺した時のことを……。

自由になりたいと思った。この男の支配から逃れたかった。倉島隆という存在を、この世から消し去りたかった。だから、彼の喉元《のどもと》に、サバイバルナイフの鋭利な刃先を突き立てたのだ。

やはり彼の呪縛《じゅばく》から逃れられないのだろうか。警察に行って、全てを打ち明けるべきなのか。

七

ドアノブに手を掛ける。

金属が軋《きし》む音とともに、ドアが開いた。注意深く外を窺う。廊下には誰もいなかった。鍵《かぎ》を掛けてコーポを後にする。

午前十時すぎ。住宅街の道を歩く。いつもの出勤時間に比べると、通行人の数は少ない。散歩する老人や自転車に乗った主婦の姿もあり、長閑《のどか》な雰囲気である。

その日は水曜日だった。瑞帆が勤務する不動産会社の定休日である。不動産関係の会社は、水曜が休みであることが多い。その理由は、契約が「水」に流れてしまうと縁起が悪い、ということだとされている。この業界は、横のつながりが強く、周囲に合わせなければ仕事がやりづらいという理由もあるという。

住宅街の道を進んでゆく。天気は快晴。その日は気温も高く、歩いていると汗ばんでくる。瑞帆は駅に向かって歩き続ける。

隆を殺してから、二週間ほどになる。彼女は毎日、逮捕されるかもしれないという恐怖に怯《おび》えながら、生活を続けていた。でも不思議なことに、未だ警察からの連絡はない。連絡がないどころか、事件についても一向に報じられる様子はなかった。毎日、ネットニュースを細かく見たり、コンビニで新聞を買ってチェックしているが、未だ自分が犯した殺人を報じる記事は出ていないのだ。テレビのニュースも同じである。何か、見落としているのかもしれないと思い、近くの図書館に行って新聞を閲覧したが、やはり事件の記事を目にすることはなかった。

瑞帆の犯罪は、忽然《こつぜん》と消えてしまったのである——

これは一体、どういうことなのだろうか。

別に逮捕されたいというわけではない。もし本当に、自分の犯罪が消え失《う》せたとしたら、それは有り難いことである。でも犯罪が消えるわけなどない。現実に瑞帆は、人を殺したのだ。普通に考えると、隆の遺体は発見され、警察は捜査を行っているはずだ。

何らかの理由で警察が、犯罪を隠しているとしか思えない。瑞帆が犯人であることも、もう特定しているに違いない。きっと何か、逮捕されない理由があるのだ。でもそれがなんなのか、さっぱり分からない。

駅の近くまで来る。わざと回り道して、駅前の交番の前を通ることにした。歩きながら、さりげなく中を覗《のぞ》くと、体格のいい制服警官が一人いるだけだった。とくに変わった様子はない。

駅に着くと、階段で二階の改札フロアーに上る。ラッシュの時間ではないので、利用客の数はまばらである。そのまま歩いて行き、自動改札の前を通り過ぎた。北口の方に進んでゆく。階段を下りると、バス停があるロータリーに出た。駅の北側に来たのは、あの夜以来だ。緊張しながら、ロータリー沿いの歩道を進んでゆく。昼間も、通行人の数はあまりなく、閑散としている。タクシー乗り場には黒塗りが一台、暇そうに客待ちをしているだけだ。ロータリーを通り抜けて、大通りに向かって歩き出す。

その日、瑞帆は決意していた。あの駐車場に行ってみようと思ったのだ。二週間前、隆を刺したあの月極《つきぎめ》駐車場である。

情報が欲しかった。捜査はどこまで進展しているのだろうか。そもそも、捜査は始まっているのか。何も分からない。かといって、警察に行って聞くわけにもいかなかった。もしかしたら、あの駐車場に行けば、何か分かるかもしれない。そう思うと、居ても立ってもいられなくなったのだ。もちろん、犯行現場を再訪するのは、危険なことである。

それは重々承知している。でも事件がどうなったのか、どうしても知りたかったのだ。

バスロータリーを過ぎて、国道に出た。二週間前、隆を振り切り、走って逃げた道路である。轟音《ごうおん》を上げて、トラックが傍らを通り過ぎてゆく。この前とは違い、車の通行量は多く、夜とは大分雰囲気が違っている。記憶を辿《たど》りながら、道路を進んでゆく。大通りから路地に入った。住宅街の道を、右左折を繰り返しながら歩き続ける。果たしてこのルートで大丈夫なのか。少し不安になる。

しばらく歩いて行くと、視線の先にあの駐車場が見えてきた。道は間違っていなかった。入口の前で一旦《いったん》立ち止まる。外から中を覗き込んだ。砂利石が敷かれた地面に、数台の乗用車や業務用のトラックが停まっている。脳裏に、あの忌まわしい記憶が蘇《よみがえ》ってくる。

駐車場の中を見渡す。敷地の中には誰もいないようだ。警察官がいる様子もない。意を決して、駐車場の中に入ってゆく。誰か来るかもしれない。辺りを注意しながら、敷地の中を進んでゆく。車輛《しゃりょう》の間を通り抜けて、敷地内の一角で立ち止まった。隆を刺し殺した場所である。あの時の感情を思い出し、足がすくんでくる。我慢して、彼が血を流して倒れていた場所を凝視する。

駐車場の片隅にある空間――

とくに警察が捜査したような痕跡《こんせき》は見当たらない。地面の砂利石はところどころ黒ずんでいるが、それが血の痕《あと》なのか泥なのかよく分からなかった。そこから数メートルほど離れた場所に、ブルーシートで覆われた一角があった。近寄ってみると、シートの下には鉄骨などの建築資材のようなものが置かれている。

視線を上げて、周囲を見渡した。とくに、防犯カメラのようなものは見当たらない。

あれから、駐車場の防犯カメラについてはいろいろと調べてみた。ネットを見たり、同業の関係者にもそれとなく聞いた。その結果、駐車場には必ずしも、カメラが設置されているというわけではないことが分かった。とくに時間貸しではなく、このような月極の駐車場には、防犯カメラがないことは珍しくはないようだ。またカメラのようなものがあっても、それは実際には録画されていないダミーカメラの場合もあるという。ダミーでもカメラを設置しておけば、犯罪の抑止力になるからなのだろう。

念のため、敷地の中を回って、防犯カメラがあるかどうか確かめた。しかし、見た限りでは、それらしきものを見つけることはできなかった。

再び隆を刺した場所に戻ってくる。改めて犯行現場を凝視する。やはり、犯罪の痕跡のようなものは何も見当たらない。でも自分は、確かにここで人を刺し殺したのだ。

誰もいない駐車場。瑞帆は一人佇《たたず》み、考える。

もしや……。

ふと、ある一つの仮定が頭をもたげる。だがすぐに、その考えを打ち消した。それは瑞帆にとって、あまりにも恐ろしい推測だったからだ。

でも、その仮定が頭にこびり付いて離れない。彼女の脳裏に浮かんだ恐ろしい推測。

それは……。

もしあの時、隆が死んでいなかったら、彼は生きているのかもしれない。

瑞帆は戦慄《せんりつ》する。もしかしたら、彼は生きているのかもしれない。

自分があの駐車場から逃走した後、隆は息を吹き返したのである。そして、ここから立ち去った……。だから、自分の犯行は、未《いま》だ事件として発覚していないのだ。もしそうだとしたら、それは恐ろしいことである。隆はまだ生きている。そして虎視眈々《こしたんたん》と復讐《ふくしゅう》の機会を窺《うかが》っている……。

そう考えると怖くなった。

しかし、よく考えてみると、その仮説にもいくつか矛盾がある。彼を刺した後、隆の胸に耳を当てた。その時、心臓の音は確かに止まっていた。一度止まった心臓が、動き出すことなどあるのだろうか。

もし何らかの理由で、隆が息を吹き返したとしても、それならばなぜ、警察に通報しないのだろう。彼は被害者なのだ。瑞帆の犯行を隠す理由が分からない。それに、彼は喉元を刺され、大量に出血していた。生きているとしたら、どこか病院で治療を受けているはずである。でも、そんな大けがを負った患者を見たら、医師も不審に思うだろう。理由を聞いて、警察に連絡するに違いない。

やはり、隆が生きているとは考えにくい。あの男は死んだのだ。では一体なぜ、事件は消えてしまったのか、説明がつかない。

瑞帆が考え込んでいると、外から車の音が聞こえてきた。

入口から一台のセダンが入ってくる。この駐車場の契約車なのだろうか。思わず顔を伏せる。車とすれ違うように、敷地の外に向かって歩き出した。


六月になった。

今朝のニュースでは、来週にも梅雨入りする可能性が高いと言っていた。道理で蒸し暑いわけだ。瑞帆は手にしていたハンカチで、額の汗を拭《ぬぐ》った。

遠くで、山鳥の甲高い鳴き声がする。森の木々を、暗い影が覆い始めていた。まもなく日暮れを迎えようとしている。瑞帆は足を止めると、リュックサックから懐中電灯を取り出す。ほの暗い山道が、ＬＥＤのまばゆい光に照らし出された。懐中電灯めがけて、数匹の虫が飛び込んでくる。

その日、瑞帆は休みを取り、電車を乗り継いで、その森林にやってきた。昼すぎには、最寄り駅に着いていたのだが、夕暮れにはまだ少し早かった。駅前の喫茶店に入り、時間を潰《つぶ》す。そして日が傾くのを待って、森の中に入ったのである。

しばらく山道を歩いてゆく。森の中は、植物の匂いで満ちあふれている。初めて来た場所である。迷わないように、まっすぐに伸びた道を進み続ける。

三十分ほどすると、瑞帆はおもむろに立ち止まった。木々の隙間に懐中電灯を向ける。土がむき出しになった荒れ地が照らし出された。

辺りを見渡す。誰もいないことを確認すると、彼女は歩き出した。木々の間をかき分けて、荒れ地の中に足を踏み入れる。リュックを下ろして、中に入っていたものを取り出す。それを雑草が生い茂っている、地面の上に置いた。

彼女がリュックから取り出したのは、口を縛った半透明のポリ袋である。流しの下のキャビネットに、ずっと隠していたものだ。中には、隆を殺していた時に着ていた服や下着、持っていたバッグ、それと履いていたヒールと手を拭《ふ》いたハンカチが入っている。

瑞帆はリュックから、ライター用のオイルを取り出した。今日のために、自宅近くの量販店で購入しておいたものである。オイルの蓋《ふた》を開け、袋の上にどぼどぼと振りかける。かけ終わると、リュックから使い捨てライターと新聞紙を取り出した。新聞を紙縒《こより》のように巻く。先端にライターで火を点《つ》け、ポリ袋の上に放り投げた。

勢いよく燃え上がった。思わず後退《あとずさ》る。周囲が一瞬で明るくなった。慌てて辺りを見渡す。誰かに気づかれないか、少し不安になる。大丈夫だ。誰もいない。自分に言い聞かせるように、心のなかで言う。黒煙が立ち上り、炎がポリ袋を包んでいる。プラスチックが焦げるような嫌な臭いが辺りにたちこめ、中の衣服やバッグにも火が燃え移っていった。瑞帆は奥歯を嚙《か》みしめて、目の前で燃えさかる炎をじっと見ている。

彼女は思った。これでもう、あの事件の記憶は現実のものでなくなるのだ。このポリ袋の中身が全て灰となれば、自分が隆を殺したという事実は抹消される……。

夢だ。全ては夢となる。

あれから警察からの連絡はなかった。事件のことを、マスコミが報じることもない。

やはりあの夜の出来事は、恐ろしい悪夢だったのだ。そうとしか考えられない。

瑞帆はこう思うことにした。

これは神様がくれたチャンスなのだ。隆が消えた世界を享受するための……。隆の支配から逃れ、新たな人生をやり直すための……。

だから、殺人が現実であることを示す、このポリ袋を焼くことにしたのだ。

視線の先——

めらめらと揺れている炎。

その照り返しが、瑞帆の顔を照らす。

これで自由になれるのだ。やっとこれで、自分は倉島隆の呪縛《じゅばく》から解放される。

それから瑞帆は、ずっと炎を見ていた。ポリ袋の中身が焼き尽くされ、完全に灰となるまで……。


〈もしもし。瑞帆？　どうしたの〉

母の声を聞くのは、半年ぶりだった。年末に帰省して以来である。

「ううん。別に……ちょっと電話してみただけ。元気にしてる？」

首に掛けたバスタオルで、髪を拭きながら瑞帆は言う。仕事が終わり、シャワーを浴びた後だった。スマホを触っていて、何気なく実家に電話してしまった。

〈元気だよ。ちょっと暑くなったけど。あなたは？〉

「うん、大丈夫」

〈ちゃんとご飯食べてる？　夏になるとあなたは食欲なくすから〉

「ちゃんと食べてるよ」

瑞帆から電話する事はあまりなかったので、母はちょっと面食らっているようだ。あんなことがあったからなのだろうか。急に母の声が聞きたくなったのだ。

〈仕事の方はどう？〉

「うん。順調だよ。今度の人事で、主任になった」

〈凄《すご》いじゃない〉

「別に普通だよ。会社に入ってもう三年になるし……お盆には休み取れると思うから、家に帰るかも」

その言葉を聞くと、母の声が弾んだ。

〈そう。それはよかった。お義父《とう》さんにも言っておくよ〉

「じゃあ、また電話するね」

〈うん、それじゃあ。ありがとうね〉

通話を切って、スマホをテーブルの上に置いた。

母に対し、今までの態度を反省する。再婚してからは、裏切られたような気持ちになり、心のどこかで母を避けていた。でも最近になってようやく、彼女の気持ちが理解できるようになった。父が死んでから、母は一人で自分を育ててくれたのだ。大変な苦労だったと思う。再婚したのも、自分の存在があったからなのだろう。義父は生活能力のある男だ。お陰で短大まで出してもらった。

それに母も女性なのだ。再婚の話を聞いた時は、自分はまだ中学生だった。でも大人になった今なら、心から祝福することができる。

母の声を聞いて、さらに気持ちが楽になった。

瑞帆は自分が新しい人生を歩み出したことを実感していた。仕事も順調である。さっきは母にあんな風に言ったが、この歳で女性が主任になるのは、異例のことらしい。ここ最近、担当の契約が次々と決まったからだ。プライベートも充実している。来週、慎也にまた食事に誘われている。彼は信頼できる素敵な男性だと思う。恋愛関係に発展するかどうか分からないが、彼に惹《ひ》かれ始めていることは否めない。今まで、自分はろくな恋愛をしてこなかった。これからはその人生の埋め合わせをしたい。そう考えている。

今、自分は自由を享受している。誰からも支配されない人生……。

それも全て、あの男の存在が消えたからだ。十年以上にも亘《わた》り、束縛されていた男の存在が……。

ようやく、悪い夢から目覚めることが出来た。

これから始まるのだ。

本当の自分の人生が……。

魅力ある女性ほど不幸な恋愛をする——
という研究がある。

一体それはなぜなのか？　今からその理由を述べたいと思う。

まず、女性と男性の魅力は生物学的には同等のものではないという。

男性が女性に感じる魅力は、女性が男性に対し感じるそれと比べ、平均して高いというのだ。これはオックスフォード大学の心理学者サイモンズが提唱する「セックスエコノミー」という理論である。

カール・グラマーという心理学者は、この「セックスエコノミー」に関するある実験を試みた。

初対面の男女七十九名に「相手の魅力を六段階で評価してください」という課題を実施した。すると、男性は女性の魅力を四以上と評価した人が大半だったのに対し、女性は男性の魅力を四以下と評価した人が大半だったという結果が得られた。魅力六の男性はゼロに等しかった。

つまり、女性に比べると男性の方が、魅力が低いと感じられる傾向にあり、相対的に比較すると、魅力ある男性の数は、女性よりも少ないということが明らかになったのだ。「女性は男性よりも魅力的」であるという「セックスエコノミー」理論が証明されたのである。

魅力的な女性∨魅力的な男性

この結果が悲劇を生む。

人は誰しも、自分よりも魅力の低い異性と交際したいとは思わないものだ。だが実験の結果によると、魅力の高い女性には、自分より魅力がある、もしくは自分と同等の男性の数が圧倒的に少ないという現実がある。そのため、魅力の高い女性が相手を選ぶときは、激しい争奪戦が行われることは必至なのである。

運良く交際できたとしても、魅力ある男性には言い寄ってくる女性も多く、男性が浮気する確率も高い。魅力ある女性の周囲は常に不幸の原因となる、悲劇やトラブルが生まれやすい状態であるというわけだ。

だから付き合う男のレベルを落として妥協したり、素敵な女性なのに、恋愛を拒絶して独身を貫き通す女性もいる。

以上が、魅力ある女性が不幸な恋愛をする理由である。

木村瑞帆（仮名）という人物も、とても魅力の高い女性である。

それが故に、多くの苦難に苛《さいな》まれる。

彼女の犯罪はなぜ消えたのか？

この後、彼女は一体どうなったのか？

次章で、そのことについての詳細を述べる。

第二章

一

「今、窓を開けますね」

手際よく客用のスリッパを出すと、窓辺に駆け寄った。

ロックを解除しガラス窓を開ける。空気が澱《よど》んでいた部屋に、春の爽《さわ》やかな風が入ってくる。がらんとした2LDKのマンションの一室。瑞帆が案内しているのは、三十代の夫婦である。

家具も何もない部屋に、二人が入ってくる。間取り図を手にした夫。銀縁眼鏡をかけた線の細い感じの男性である。都内の建設関係の会社に勤務しているという。室内を見渡しながら言う。

「割といいんじゃない。思ったよりも中は綺麗《きれい》だし」

部屋の隅に立ち、瑞帆はよそ行きの笑顔で微笑んでいる。

「今まで見た物件の中では、ここが一番いいよな」

「そうね」

部屋を見渡しながら妻が言う。ちょっと気難しそうな女性である。夫婦の主導権は、どうやら彼女が握っているようだ。頭を軽く下げながら、瑞帆が言う。

「ありがとうございます。駅からも近いですし、このお家賃はお値打ちかと」

夫が瑞帆に訊《き》く。

「結構問い合わせとかあるんじゃないですか」

「今日情報が出たばかりですので、ご案内するのはお客様が初めてです。でも、かなりいい物件ですので、内見終わりましたら、お申し込みだけでもされてはいかがでしょう？」

その後、夫婦を車に乗せて店舗に戻った。二人は瑞帆の提案通り、その物件を申し込んだ。復帰一日目としては、まずまずの成果である。夫婦の応対を終えると、雑務をこなして、帰宅する。

午後七時すぎ、マンションの最寄り駅で降りた。現在の住居である賃貸マンションまでは、十分ほどの距離である。

以前とは違い、急行が止まるようなターミナル駅だ。前に瑞帆が暮らしていたコーポの近くの駅とは、職場を挟んで反対側に位置している。職場の最寄り駅から少し離れていて、通勤時間は前より長くなった。でも今の場所に瑞帆は満足している。少しでも、あの嫌な記憶から遠ざかりたかったからである。もちろん引っ越してから、あの駅に行ったことはない。

駅を出て、日暮れ間近の新興住宅地の道を歩く。瑞帆の足取りは弾んでいる。

マンションに着くと、エントランスに駆け込んだ。オートロックを解錠し、中に入る。エレベーターに乗り、五階で降りる。部屋のドアを開けると、瑞帆は声をかけた。

「ただいま」

奥から慎也が出てきた。声を潜めて、彼女に言う。

「おかえり」

彼の様子で察し、瑞帆も声を潜めた。

「寝た？」

「寝た」

玄関にバッグを置くと、寝室に向かう。ドアを開けると、セミダブルのベッドの脇に、ベビーベッドがあった。瑞帆は駆け寄ると、静かに声をかける。

「美空《みく》……」

思わず微笑んだ。ベビーベッドには、可愛らしい我が子がすやすやと眠っている。美空は、産まれてからもうすぐ八ヶ月になる。娘の顔を眺めていると、後から慎也もやって来た。瑞帆は笑顔のまま、夫と顔を見合わせる。


翌朝――

キッチンで朝食の後片付けをしていると、声が聞こえた。

「ねえ、ちょっとママ来てよ」

手を拭《ふ》いて、リビングに向かう。ソファの上で、出勤前の慎也が美空をあやしている。瑞帆の姿を見ると、彼は言う。

「美空、今パパって言った」

「本当？」

「うん、言ったよな美空」

慎也は、腕の中にいる我が子に話しかける。瑞帆も二人に近寄り、愛娘《まなむすめ》の小さな顔を覗《のぞ》き込んで聞く。

「本当？　美空言った？」

「言ったよ。言った」

娘は愛らしい表情で、二人を見ている。彼が壁掛け時計を目にして言う。

「あ、もうこんな時間だ。じゃあ、行ってくるね」

名残り惜しそうに、慎也は娘の身体を手渡した。バッグを手に玄関に向かう。美空を抱いたまま、慎也の後を追う。玄関で靴を履いている彼に声をかける。

「行ってらっしゃい。気をつけてね」

娘の紅葉のような手を取り、夫に向けて左右に振る。

「ああ、ママも今日は会社だろ。頑張ってね」

「ありがとう」

「じゃあ、行ってくるね」

美空の額にキスをして、慎也が部屋を出て行った。夫を見送ると、娘をリビングで遊ばせ、キッチンに戻った。

1LDKのマンション。築年数は浅くはないが、中は今風にリフォームされていて、古さはほとんど感じられない。駅からも近く、家賃もさほど高くはない。不動産会社に勤務しているという役得を活用して、瑞帆が探してきた物件である。

食器洗いを終えると、寝室に入った。出勤のため、身支度を整える。準備を終え、リビングに戻り美空を抱き上げる。

「はいはい。お出かけですよ」

そう言うと、急にぐずり始めた。お腹が空《す》いたのだろうか。着たばかりのスーツを脱いで、胸をはだけた。母親の乳房を見るとすぐに、小さな唇がむしゃぶりついてくる。懸命に乳を飲む我が子を見て、瑞帆の顔に思わず笑みがこぼれた。

慎也と結婚して、一年以上が経つ。

あれから二人は何度か会い、やがて交際するようになった。そして、付き合い始めて半年ほどしたころ、瑞帆の妊娠が判明。それを機に、結婚することになったのだ。

慎也と交際するようになって、彼の人間性に強く惹《ひ》かれていった。見た目は素朴で、至って普通の男性である。表裏のない誠実な性格で、何よりも自分のことをこの上なく思いやってくれる。瑞帆と同世代で、話もよく合った。喧嘩《けんか》も何度かしたことはあるが、すぐにどちらかが素直に謝り、長引くことはなかった。もちろん、威圧的な発言も、殴られることもなかった。これが普通なのだろうが、今までいびつな恋愛しかしてこなかった瑞帆にとっては、とても新鮮な体験だった。慎也という男性に出会えて本当によかったと思っている。

だが、妊娠が分かった時、正直複雑な思いだった。本当に産んでいいのか、何度も自問自答した。彼はとても喜んでくれた。結婚しようと言ってくれたのも慎也の方からだ。瑞帆は躊躇《ちゅうちょ》したが、彼の強い申し出から、やがてそれを受け入れることにした。

彼女が戸惑った理由は、もちろんあの駐車場の出来事である。あれからもう、二年ほどが経過していた。その後も頻繁に、テレビやネットのニュースをチェックしているが、全く報道されていない。

不思議なことであるが、完全にあの事件は消え失《う》せてしまったようだ。

時間が経つに従い、あの夜の出来事は本当に、現実に起こったことではないと思うようになった。本当に夢だったのだ。自分は〝人を殺す夢〟を見た……。自分を支配し、執拗《しつよう》に付きまとっていた隆を……。

そう言えば昔、そんな夢を見たことがある。何か自分は犯罪を起こして、必死に逃げている。どんな罪を犯したのかはよく分からない。ただ、激しい絶望感に苛《さいな》まれて、必死に逃げ惑うのだ。とにかく取り返しのつかないことをしたことだけは覚えていて、恐怖に怯《おび》えるしかない。そして目が覚めると、それが夢だと分かって安堵《あんど》する……。今度の出来事も、きっとそんな夢に違いない。きっとそうなのだ。

瑞帆は二年前の出来事を忘れ去ろうとした。とくに美空を妊娠してからは、なるべく記憶から遠ざけていた。その甲斐《かい》あってか、当時に比べると、あの忌まわしい出来事を思い出すことは少なくなってきている。今は家事や育児に追われ、新聞やニュースもあまり見なくなった。それほどまでに、今の彼女の生活は充実していたのだ。


美空をベビーカーに乗せて、部屋を出る。

十分ほど歩いて、駅近くの保育園に着いた。最近出来たばかりの、私立の保育園である。保育料は安くないが、〇歳児クラスに空きが出たというので、申し込んだら運良く入れた。内装も綺麗《きれい》で可愛らしく、保育士もみな朗らかで感じがよい。

美空を預けると、駅に向かった。電車に乗って会社に向かう。

オフィスに到着し業務をこなす。昨日は育休明けで初めて出勤したので、いろいろと戸惑うことが多かった。今日は復帰二日目で、徐々に調子を取り戻してきた。会社の人たちも、産後の瑞帆の体調を気遣い、優しく接してくれる。改めて、この仕事にやりがいを感じた。天職と言うほど大げさなものではないが、誰かの人生の節目に関わり、その手助けをするのだ。出来れば長く続けたいと思う。

午後五時すぎにオフィスを出る。美空を六時に引き取りに行く予定だからだ。保育園は十時まで預かってもらえるが、まだ娘は一歳になっていない。出来る限り、早い時間に迎えに行ってあげたかった。でもどうしても仕事の都合がつかない時は、慎也と分担することにしていた。昨日も、彼に引き取りをお願いした。

五時五十分、駅に到着する。改札を出て保育園に向かった。

早く美空に会いたい。わずか半日ではあるが、娘と離れていた時間が不安だった。仕事に復帰するまでは、いつもずっと一緒だったからだ。泣いていないだろうか。保育士さんを困らせていないだろうか。おむつは替えてもらっているだろうか。頭の中は、愛《いと》しい我が子の姿で溢《あふ》れている。

コンコースを通り、エスカレーターで地上に降りた。足早に保育園に向かい道路を歩いてゆく。

瑞帆のバッグの中にある、スマートフォンが短く振動した。

メールを受信した時の合図である。歩きながら、バッグの中身を見る。

瑞帆はスマホを二台持っている。仕事用と個人用だ。メールを受信したのは、個人用のスマホだった。画面を見ると、一通のショートメールを受信している。

瑞帆はスマホの画面をじっと見た。知らない電話番号からのショートメールである。

一体誰からだろう？

スマホを操作して、そのメールを開いた。

――突然のメールをお許し下さい――

その場で立ち止まった。

スマホの画面を見つめる。思わず呟《つぶや》いた。

「believer《ビリーバー》？」

一体誰からだろう。心当たりが無かった。いたずらメールの類《たぐい》だろうか。腕時計を見る。美空の引き取りの時間が迫っている。不審に思いながらも、メールを閉じた。スマホをバッグに仕舞う。

保育園に到着して、美空を引き取った。娘の笑顔を見て顔が綻《ほころ》んだ。午前中は少しぐずっていたが、午後になるとご機嫌だったという。

その後、駅前のスーパーに立ち寄り、食材などの買い物をする。自宅に帰り、夕飯の支度を始めた。キッチンから目をやると、カーペットの上で美空がおもちゃで遊んでいる。エコバッグから食材を出していると、メールのことを思い出した。キッチンカウンターに置いたスマホを手に取る。さっきのメールを開いた。

スパムメールという、迷惑メールのようなものだろうか。不特定多数に送りつけてくる悪質ないたずらメールである。迷惑メールの類ならば、放っておけばいいのだが、そうでないとしたら一体誰が送ってきたのだろう。

――あなたとお話ししたいと思って連絡しました――

「話がしたい」とはどういうことなのか。気になって仕方ない。

あれこれ考えていると、突然スマホが短く振動した。

不意を突かれ、身体が反応する。またショートメールを受信したのだろうか。画面を見ると、慎也からのＬＩＮＥだった。もうすぐ帰宅するとのことである。

八時すぎに夫が帰ってきた。美空を寝かしつけてから、二人で夕飯の食卓を囲む。

「どうだった？　今日、仕事の方」

「うん、全然大丈夫」

「体調はどう。しんどくなかった？」

「うん。なんとか……。みんな良くしてくれるし」

夕食が終わり、慎也は入浴のためバスルームに入った。瑞帆はキッチンで食器を洗っている。その時である。

カウンターの上のスマホが震えた。スポンジで食器を洗いながら、瑞帆は画面を覗《のぞ》き込んだ。ショートメールを受信している。慌てて彼女は手を拭《ふ》いて、スマホを手に取る。

ショートメールの発信元は、夕方のメールと同じ電話番号である。一体どういうつもりなのだろうか。いたずらならいい加減にして欲しい。そう思い、メールを開いた。


――親愛なる木村瑞帆様――

私は全てを知っています
でも安心して下さい
私はあなたの味方ですから

believer

スマホを手にしたまま、立ちすくんだ。

メールの意味がすぐには理解できなかった。改めて、画面に映る文字に目を通す。

全身が硬直する。

もしかしたら、何かの間違いなのかもしれない。混乱する頭に、無理矢理そう思い込ませた。誰かと間違っているのだろうか。それとも、やはり悪質な迷惑メールの類なのか。そう思い、何度も読み返した。でも人違いをしているようではない。本文の中には、旧姓ではあるが、確かに瑞帆の名前が書かれている。無作為に送りつけてくるスパムメールのようなものではないようだ。誰かが、自分に宛てたメールであることは間違いない。

瑞帆は愕然《がくぜん》とする。

落ち着け。落ち着け。落ち着け。

そう、自分に言い聞かせる。

バスルームのドアが開く音がした。濡《ぬ》れた頭をタオルで拭きながら、パジャマ姿の慎也が出てくる。

スマホの画面を消すと、さりげなくキッチンカウンターの上に置いた。水道の水を出し、何事もなかったかのように洗い物を再開する。

慎也は冷蔵庫から缶ビールを取り出すと、旨《うま》そうに飲み始めた。

二

午前二時、夫は隣で寝息を立てている。

彼を起こさぬよう、そっとベッドから抜け出す。

寝室を出て、ダイニングへと向かう。暗がりの中、ダイニングテーブルの椅子に腰掛けた。キッチンカウンターの上に置いてあったスマホを手に取る。

もしかしたら何か見間違えたのかもしれない。さっき見たショートメールは、夢か幻だったのだ。そう思い、祈るように画面に目をやる。

大きくため息をついた。やはり見間違いなどではなかった。夢や幻でもない。現実にそのショートメールは画面に表示されていた。

――私は全てを知っています――

自分以外に「あのこと」について知っている誰かがいる。その事実に、心は激しく乱れている。一体これはどういうことなのだろうか。

冷静になった方がいい。冷静に……。

小さく深呼吸する。

やはり自分は、何か思い違いをしているのではないのだろうか？　もう一度、その可能性について考えてみる。

文面を読み違えたのだ。このメールの内容が、「隆を殺したこと」についてのものであると、勝手に思い込んでいるだけではないか。

そう思い、全ての先入観を頭から振り払った。

改めてスマホの画面を見る。

親愛なる木村瑞帆様
私は全てを知っています
でも安心して下さい
私はあなたの味方ですから

believer

何度読み返しても同じである。

読み違えているわけではないようだ。「二年前のあの出来事」以外、何も思い当たることがなかった。

やはり、このメールの送信者は知っているのだ。あの夜のことを……。自分が隆を刺し殺したことを……。

でも、どうしてこの人物は、そのことを知っているのだろうか。知っているならばなぜ、警察に通報しないのだろう。それに一体どんな理由があって、こんなショートメールを送りつけてきたのか。そもそも、この人物の目的は何なのだろうか。

多くの疑問が頭の中に溢《あふ》れかえる。それらの疑問を解消するためには、送信者に聞いてみるしかないと思った。相手の電話番号は、スマホに残されている。この番号に電話するか、メールに返信してみれば、相手と連絡が取れるはずだ。

いや、それは危険すぎる。相手がどんな人間なのか、見当がつかない。事件についてどれだけ知っているかも分からない。やはり今は、こちらから連絡を取らない方が、賢明なのだろう。もう少し、相手の出方を待った方がいい。

ふと、手にしていたスマホに目をやる。バッテリーの残量がほとんど残されていないことに気がついた。立ち上がり、キッチンカウンターのコンセントに差してある、電源ケーブルに接続する。充電が開始された。瑞帆はじっと、カウンターの上に置いたスマホを見つめる。

恐ろしいショートメールを受信した瑞帆のスマートフォン。

自分の犯罪を知っているかもしれない人物と繋《つな》がっている白い金属の塊……。彼女にはその存在が、とても忌まわしいものに思えた。

スマホから視線を逸《そ》らした。リビングの方へと向かう。力なくソファに横たわり、薄暗い空間を見上げる。

相手は何者なのだろうか。一体どういうつもりなのか。

一見すると、あのショートメールには、とくに敵意があるような表現はないように思う。「安心して下さい」「私はあなたの味方ですから」などと、こちらに好意的な言葉が並べられている。でもそのことが、より一層相手の不気味さを際立たせていた。

これからどうなってしまうのだろう。その人物に二年前の犯罪を暴かれて、自分は逮捕されてしまうのか。もしそうなったら、慎也はどう思うのだろう。そして、美空はどうなるのか。

一気に不安が押し寄せてくる。今後のことを考えると、気が気でない。

重い腰を上げて、寝室に戻ろうとする。

その時、キッチンカウンターの上に置いたスマホが、短く振動した。思わず身構える。

メールを受信したのだ……。

恐る恐る、ダイニングへと向かう。

暗がりの中、スマホの画面がぼんやりと光っている。ケーブルに繋がったままのスマホを手に取った。

画面には、ショートメールが新着したことを示すアイコンが表示されている。相手先の電話番号は、夕方に来たメールと同じものである。

瑞帆は息を呑《の》んだ。

震える手でスマホを操作する。メールを開いた。

親愛なる瑞帆様
一度お話がしたいですね
返事下さい

believer

思わず目を背けた。恐ろしくて、画面を直視することができない。

相手はまた「話がしたい」と要求してきた。そして「返事を下さい」とも……。やはり応じるべきなのだろうか？

スマホを手に考え込んでいると、寝室から泣き声が聞こえてくる。美空の声だ。

慌ててダイニングを飛び出す。寝室のドアを開けると、美空が顔を真っ赤にして泣いていた。

「ごめんね、美空」

ベビーベッドに駆け寄り、小さな身体を抱き上げる。お尻《しり》を触ると、ぐっしょりと濡れていた。紙おむつを交換し、授乳を始めると、すぐに泣き止んだ。

そのまま娘に乳を飲ませる。少し経つと、美空は腕の中ですやすやと眠った。

　そんな我が子の顔を見ていると、自然と涙がこみ上げてくる。

　ほとんど一睡もしないまま、朝を迎えた。

　キッチンに赴き、朝食の支度を始める。しばらくすると慎也が起きてきた。絶対に、メールのことは悟られてはいけない。何事もなかったかのように、料理を続ける。

　食事が出来上がった。トーストを頬張りながら、慎也は言う。

「昨日、遅くまで起きてなかった？」

「うん……ちょっと会社でやり残した仕事が幾つかあって」

「大丈夫か？　あんまり無理するなよ」

「うん、大丈夫。あ、コーヒー入ったよ」

　そう言うと瑞帆は、笑顔で湯気のたったカップを差し出す。

　朝食を終え、慎也が出勤した。その後、彼女も美空を連れて部屋を出る。娘を駅前の保育園に預け、会社へと向かう。

　朝の通勤電車の風景。周囲にはサラリーマンや学生らが溢れている。ドア脇のスペースに立ち、瑞帆は考え込んだ。

　結局、昨夜は返事を出すことはなかった。やはり、迂闊《うかつ》にこちらからメールを送信するのは危険だし、自らの犯罪を肯定したと思われるかもしれない。メールなので、記録としても残ってしまう。決して、相手の術中にはまってはならない。慎重に行動しなければいけない。

送信者は一体どんな人物なのだろう。

事件について、どこまで知っているのか。これまでの三通のショートメールは、個人用のスマホに送られてきている。送信者はプライベートの付き合いがある誰かだろうか。だが知り合いの番号は皆スマホに登録してある。発信元の電話番号は自分の知らない番号だ。もちろん、知人の誰かが、別の携帯電話を使って送ってきている可能性はあるのだが……。とにかく、今分かっているのは、携帯番号と「believer」という名前だけである。相手の素性を知るためには、こちらから連絡を取る以外、方法はないのだろうか。

憂鬱《ゆううつ》な気持ちのまま、オフィスに到着する。メールのことが気になって仕方ない。でもなんとかそのことを頭から振り払い、仕事に集中する。

午後になった。客の応対を終えて、自分のデスクに戻ってくる。スマホを手に取り、目を見張った。いつの間にか、ショートメールを受信している。昨日届いた、三通のメールと同じ電話番号からだ。

慌ててメールを開こうとする。だが周囲の目が気になった。もし万が一、誰かにメールの内容を見られたらまずい。スマホを手にしたまま、バッグの中の化粧ポーチを手に取る。何気ない素振りで、オフィスを抜け出した。

トイレに駆け込み、個室に入る。ドアを閉めるや否や、スマホを操作してメールを開いた。

親愛なる瑞帆様
お時間ある時、メール下さい
待っています
believer

画面を見て、大きくため息をつく。

相手は返事を催促してきた。瑞帆からのリアクションを待ち望んでいるようだ。やはり、返信した方がいいのだろうか。立て続けに送られてくるメール。もうこれ以上気に病むのは、精神的に耐えられそうもない。連絡を取って、相手の真意を問い質《ただ》したい。

思わず指が動く。メッセージ欄に文字を打ち込もうとする。

でも、すんでの所で指を止めた。いざメールを打つとなると、怖くなってしまったのだ。慌ててメールを閉じて、個室から出る。

仕事が終わった。いつものように保育園に向かう。美空を引き取ると、マンションに戻った。

その夜はまた、慎也が寝入るのを待って、寝室を抜け出した。

暗がりの中、ダイニングテーブルの椅子に腰掛ける。スマホをテーブルの上に置き、時間を過ごした。もしかしたら五通目のショートメールが来るかもしれない。そう思ったからだ。結局、明け方近くまで起きていたが、メールは来なかった。

翌日もその翌日も、瑞帆のスマホに「believer」からのメールが届くことはなかった。

一体どうしたのだろうか。なぜメールは止まったのか。

不安に苛《さいな》まれる。相手はどういうつもりなのだろう。瑞帆からの返信がないので、諦《あきら》めたのだろうか。それとも、何か別の理由があるのか。

もちろん、このままずっとメールが来なければ、それに越したことはないのだが……。

三

瑞帆は空き物件の一室にいる。

がらんとした1DKの部屋だ。

窓辺に佇《たたず》む客のシルエット。顔は見えない。どうやら男性のようだ。熱心に物件の説明をするが、相手からの返事はない。ずっと窓の外を見ている。

しばらくすると、ゆっくりと振り返った。浅黒い顔に、うすら笑いがこびり付いている。その男性は隆である——

喉元《のどもと》にはサバイバルナイフが刺さったままだ。虚《うつ》ろな目で見据えると彼は言う。

お前が全て……。

お前が全て……。

お前が全て……。


思わず飛び起きた。

隣で眠る慎也の顔を見て、夢だと知る。恐ろしい夢だった。ほっと胸をなで下ろすと、手の甲で冷や汗を拭《ぬぐ》う。ベッドサイドのデジタル時計は、午前四時を示している。それから瑞帆は一睡もしなかった。眠れないというわけではなかった。眠りに落ちると、また隆の夢を見るかもしれないと思ったからだ。

睡眠不足のまま、会社に出勤する。オフィスに到着しても、気分は落ち着かなかった。「believer」からのメールが途絶えて一週間ほどになる。メールのことは気にしないようにしていたが、やはり無理だった。仕事の合間に、何度もスマホを見る。受信がないことが分かると、安堵《あんど》すると同時に不安にもなる。相手はどうしたのだろうか。もう二度とメールを送ってこないつもりなのか。それともわざと焦《じ》らして、楽しんでいるのだろうか。

ふとさっきの夢を思い出した。隆の顔を思い浮かべる。もしかしたら、メールの送信者の正体は彼なのかもしれない。やはり隆は生きているのだ。そして復讐《ふくしゅう》のためにメールを送りつけている……。

即座にその考えを否定する。生きているはずはない。隆は死んだのだ。そのことは、自分がよく知っているはずではないか。

「津坂さん。ちょっといいかな」

思わずはっとした。気がつくと、課長の徳島が目の前にいる。

「僕のデスクまで来てくれないか。一つ確認したいことがあって」

「分かりました」

慌てて徳島のデスクに向かう。瑞帆の顔を見ると、彼は柔和な表情を浮かべて言う。

「どう、仕事の方？」

「ええ、なんとか……しばらくお休み頂いていたんで、頑張らないといけないと思っています」

「そうか……」

そう言うと、徳島の顔が曇った。瑞帆が徳島に言う。

「それで、確認したいという件は」

「ああ」

彼は頷《うなず》くと、手元にあった書類を差し出した。

「昨日、君が平田《ひらた》様に案内したのはこの物件だよね」

書類は、瑞帆が担当した物件の中込書である。

「はい、そうですけど」

「やっぱりそうか……。いや、この物件、先週ほかのお客様で決まっているんだよ。ほら」

そう言うと徳島が別の資料を差し出した。資料には、その物件の状況が詳しく記載されている。それを見て、瑞帆は思わず目を見張る。彼の言うとおりである。確かにその物件は、もう契約済で公開が終了していた。慌てて彼女は言う。

「申し訳ございません。私の確認不足でした」

「お客様に連絡して、事情を説明したほうがいいだろうね」

「すぐに電話します。本当にすみませんでした」

書類を手に、瑞帆は深々と頭を下げた。徳島は笑いながら言う。

「いやいや、僕に謝らなくてもいいから。君はしばらく休んでいたからね。仕方ないよ」

「そんなこと言い訳になりません」

「あんまり無理するなよ。お子さんのこともあるんだから」

「ありがとうございます」

「体調の方はどう？」

「はい、大丈夫です。単純な私のミスですから。本当に申し訳ございませんでした」

「困ったことがあったら、何でも相談して。僕はいつでも君のことを応援しているから」

「ありがとうございます。以後気をつけます」

そう言って瑞帆は立ち去った。デスクに戻りながら考える。ここ何日も、満足に眠っていなかった。仕事にも身が入らず、ついにミスを犯してしまった。自分を不甲斐《ふがい》なく思う。

デスクに戻ると、平田に電話して事情を説明する。こちらのミスを真摯《しんし》に詫《わ》びると、相手は快く許してくれた。そのあとすぐに、代替の物件を幾つか探し、平田のアドレスに送る。それほど大事にはならず、ひとまず安堵する。

ふとデスクの上に置いてあったスマートフォンに目をやる。

いつの間にか、ショートメールを受信していた。believerからだ。動揺を抑えきれない。早くメールの内容が見たい。矢も盾も堪《たま》らなくなる。化粧ポーチを手に立ち上がった。トイレに入り、個室に飛び込む。すぐにメールを開いた。

親愛なる瑞帆様
返事を下さい
私を弄《もてあそ》んでいるのですか
待ちくたびれて、どうにかなりそうです

believer

激しい嫌悪感を覚える。

姿の見えない送信者に対し、怒りがこみ上げてくる。

「弄んでいる」のは、そっちの方ではないか。「どうにかなりそう」なのは自分の方だ。忌々《いまいま》しいbelieverからのメール。目にしているだけで気分が悪くなってきた。いっそのこと、このスマホを叩《たた》き壊したい。そんな衝動にかられる。でもなんとか堪《こら》えた。

落ち着かなければいけない。落ち着かなければ……。


午後七時すぎ、業務を終えてオフィスを出る。今日は、慎也が美空の引き取りをしてくれた。夕食も作って待っていてくれるという。

駅に向かう道で考える。

ついにまた、believerからメールが来てしまった。これで都合五通目である。

この事態を切り抜けるためには、どうすればいいのだろうか。誰かに相談してみたいと思った。いつまでも一人で悩んでいても、解決方法は浮かんでこないような気がする。

一体誰に相談すればいいのだろうか。本来ならば夫の慎也であろう。でも、ショートメールのことを話せば、自分が犯した殺人のことも告白しなければならない。罪を打ち明けず話せばいいのかもしれないが、隠し通す自信がない。

妻が過去に人を殺していたことを知れば、慎也は深く傷つくだろう。家庭は崩壊する。美空とも会えなくなるかもしれない。

この幸せを壊したくはない。やはり、自分一人でなんとかするしかないのだろう。

翌日——

その日は水曜日で、仕事は休みだった。

慎也は朝早くに出勤した。久しぶりに、娘と二人だけで過ごす。

親戚《しんせき》が遊びに来た時にくれた積み木で、美空と遊んだ。娘は小さな手で、楽しそうに積み木を触っている。我が子の顔を見ていると、嫌なことは全部忘れることが出来た。

遊び疲れると、美空は眠ってしまった。寝室に連れて行き、ベビーベッドに寝かせる。

そのあと洗濯などの家事をこなした。一通り家事を終えると、ダイニングテーブルの椅子に腰を下ろした。

一人でいると、急に不安が押し寄せてくる。気になって、キッチンカウンターの上に置いてあるスマホを手に取る。believerからの新しいメールは届いていない。

瑞帆はスマホを操作する。今まで届いたメールを、確認してみることにした。今後どうしたらいいか、考えるためだ。正直あまり見たくなかったが、仕方ない。

突然のメールをお許し下さい
あなたとお話ししたいと思って連絡しました
believer

親愛なる木村瑞帆様
私は全てを知っています
でも安心して下さい
私はあなたの味方ですから

believer

親愛なる瑞帆様
一度お話がしたいですね
返事下さい

believer

親愛なる瑞帆様
お時間ある時、メール下さい
待っています

believer

親愛なる瑞帆様
返事を下さい

私を弄んでいるのですか
待ちくたびれて、どうにかなりそうです

believer

believerから届いた五通のショートメール。

改めて目を通して感じたことは、最後のメール以外は、気味が悪いほどやたらと丁寧だということだ。相手は「自分はあくまでもあなたの協力者である」と思ってもらいたいようだ。ちなみに調べてみると、「believer《ビリーバー》」という言葉は、「信じる」という意味の動詞「believe」が名詞になったもので、「信じる人」「信者」「信奉者」などの意味があるらしい。

四通目まではわりと友好的な雰囲気なのだが、五通目だけは様相が違っていた。「私を弄んでいるのですか」などと、こちらを挑発するような言葉が使われている。

それに、

——待ちくたびれて、どうにかなりそうです——

この一文を読んだ時、なにか脅迫されているような気持ちになった。勘ぐりすぎかもしれないが、「どうにかなりそうです」とは、「返信がなければ警察に通報する」という意味が込められているのではないかと思ったのだ。

きっと相手はこちらを、精神的に追い込もうとしているのだろう。一週間メールを送ってこなかったのも、あえて焦《じ》らして、感情を支配しようと思っているに違いない。

いずれにせよ、今は相手の真意を計り知る術《すべ》がない。送信者は事件についてどこまで知っているのだろうか。なぜ二年経った今、このようなメールを送ってくるのか。それに、相手は一体誰なのか。そのことが分からない以上、絶対にこちらから動くことは危険である。

そう思い、もう一度五つのメールを読んでみた。そして、ある一つの事実に気がつく。瑞帆が起こした犯罪について、言及されている（と思《おぼ》しき）言葉は、最初の日に来たメールの中の、この箇所だけである。

——私は全てを知っています——

それ以外、五つのメールの中には、あの夜の出来事を示唆するような箇所は見当たらない。

ふと瑞帆は思った。

もしかしたら、やはり自分が勝手に勘違いしているだけではないか。メールには、具体的に事件について言及している箇所はない。「全てを知っています」と書いてあるが、それがあの駐車場の出来事であるとは言い切れない。

二年前の秘密を、誰かが知っていると考えるのは早計だ。全ては思い過ごしである。きっと、これは誰かの悪質ないたずらなのだ。自分のことをよく思っていない誰かが、嫌がらせのために送りつけてきたのである。

幽霊の正体見たり枯れ尾花。怯《おび》えていると、何でも恐ろしく感じてしまうのだ。だから今は静観しておくのが賢明なのだろう。そう思うと少しではあるが、気持ちが楽になった。

だがその日の夕方、その考えは間違いであったことを瑞帆は思い知らされる。

美空を連れて買い物から帰ってくる。鍵《かぎ》を開けて玄関に入った。食材で膨らんだエコバッグを手に、娘の乗ったベビーカーを部屋の中に入れているその時だった。

ジーンズの後ろポケットに入れたスマホが、短く振動する。メールを受信したのだ。

慌てて、ポケットからスマホを取り出す。画面を見るとbelieverからの六通目のメールが来ていた。

エコバッグを持ったまま、スマホを操作する。

親愛なる木村瑞帆様

返信頂けずとても残念です

こう書けばお返事もらえるでしょうか

私がお話ししたいのは、あの夜の駐車場の件です

believer

あの夜の駐車場の件……。

その文字を見て、背筋が凍り付いた。

やはり送信者は知っていたのだ。かつて自分が起こした事件のことを……。

身体がぶるぶると震え出す。一体どうすればいいのか。

ベビーカーの上では、美空が早く降ろして欲しいという顔でこっちを見ていた。そのことに気がつき、エコバッグを玄関の上がり框《がまち》に置く。ベビーカーのベルトに手を掛けようとしたその時だった。再び手にしていたスマホが震えた。

思わず悲鳴をあげる。

また新たなメールが届いたのだ。

——私はあなたの味方ですから　believer——

激しく動揺する。ベビーカーの上では、美空が心配そうな顔でじっと母親を見ている。

すると、またメールを受信した。

——私を信じて下さい　believer——

命がけであなたを守りたい
そう思っています

believer

立て続けに、メールが送られてくる。

思わず辺りを見渡す。部屋の中にいるのに、誰かに見られているかのような違和感を覚える。

瑞帆は心底、恐ろしくなった。

送信者は知っているのだ。怖い。怖くてたまらない。この状況から逃れるためには、相手に服従するしかないのだろうか。believerの言う通り、メールに返信を送るべきなのか。でも、何と書けばいいのだろう。知りたいことは山ほどある。

あなたは誰なんですか――

なぜ、あの夜の駐車場の出来事を知っているんです――

どうして事件の話を警察に通報しないんですか――

あなたの目的は一体何なんです――

でも、そんなメールを送った瞬間、自分の犯罪を肯定したことになってしまう。それはあまりにも危険すぎる。相手は一体、どこまで知っているのか。あの夜の出来事を……

…。

その時、瑞帆の脳裏にある一つの推測が浮かび上がる。

ふと気がついたのだ。送信者の素性について……。

もしかしたら……。

そうだとしたら、いろいろと辻褄《つじつま》が合う。

believer の正体……。

それは、警察の誰かであるという可能性はないだろうか。

やはり二年前に瑞帆の犯罪は発覚し、警察は秘密裏に捜査していたのだ。何らかの事情で、事件はマスコミに伏せられながらも、捜査は進んでいたのである。だから新聞やテレビでも、事件についての報道は一切されていないのだろう。警察は捜査の過程で、瑞帆を容疑者として特定した。そして、犯行を認めさせるためにショートメールを送り、自供させようとしているのだ。

でもいくつか疑問は残る。一体なぜ、犯行から二年経った今ごろになって、そんなことをするのだろうか。それに、なぜそういったまどろっこしい方法をとるのだろう。容疑者として疑わしいのであれば、参考人として聴取すればいいのではないか。

もしかしたら、警察はまだ決め手となる証拠にたどり着いていないのかもしれない。

やはり、あの駐車場には防犯カメラは設置されていなかったのだ。凶器のサバイバルナイフには自分の指紋が付いているが、警察はそれが誰のものなのか、分かっていない可能性もある。瑞帆には犯罪歴がないので、警察の指紋データベースに登録されていないはずだからだ。

警察はまだ、自分が犯人であることを特定する充分な証拠を得ていないのである。だから、このようなメールを送りつけて、自供させようとしているのだ。

believer の正体が捜査関係者ならば、より一層慎重に行動しなければならない。事件について認めるような発言をしたら命取りになる。

そう思い瑞帆は、やっとベビーカーの方に向き直った。そして、小さな娘の身体を抱き上げる。

四

その日の夜、瑞帆は美空と慎也が寝静まるのを待った。

寝室をそっと抜け出し、ダイニングに向かう。椅子に腰掛け、夕方に届いた believer からのメールを開く。照明が消えたままのダイニング。スマホの画面だけがぼんやりと光っている。

しばらく考え込むと、瑞帆の指が動き出した。メールのメッセージ欄に文字を入力する。

何度かメールが届いていますが、人違いではありませんか？
あなたが誰か知りませんし、内容もよく分かりません
大変迷惑しています
よくご確認の上、もうこの番号には送らないで下さい

打ち込みを終えた。入力した文字を改めて見る。何かこちらが不利になるようなことを書いてはいないか、念入りに読み返した。

大丈夫だと思う。覚悟を決めて、送信ボタンを押した。メッセージが送信される。

初めて、believer にメールした。スマホを手にしたまま、瑞帆は身を固くしている。

夕方には、連続してメールが送られてきた。すぐに返事が来るかもしれない。そう思い、彼女はじっと、スマホが反応するのを待っていた。

このまま無視し続けていても、事態は進展しないだろう。だから、相手に返信してみることにしたのだ。ある種の陽動作戦のつもりだった。自分が送ったメールを見て、どんな反応を示すのか知りたかった。送信者は一体何者なのか。本当に警察関係者なのかどうか。新たな手がかりが得られるかもしれない。そう思ったのだ。

暗がりのなか、返信を待つ。

一体、何をやっているんだろうかと思う。ここ数日、自分を苦しめている相手からのメールを、こうして待ち続けているのだ。しかも「もうこの番号には送らないで」とメ

ッセージを送ったにもかかわらず。

三十分ほど経った。

スマホに反応はない。

気がつくと、喉《のど》がからからに渇いている。テーブルの上にスマホを置いたまま立ち上がった。キッチンに入り、食器棚からコップを取り出す。流しの浄水器から水を汲《く》み、一気に飲み干した。もう一杯、水を飲もうとする。コップに水を注ごうとした時、ぶるっという振動音が聞こえた。スマホがメールを受信したのである。慌ててコップを流しにおいて、ダイニングに戻る。

新たなメールが来ている。believer からの返信だ。スマホを手に取り、メールを開いた。

親愛なる木村瑞帆様
やっと返事くれましたね
それだけでうれしいです
今夜はぐっすりと眠れそうです
ありがとう

believer

少し拍子抜けする。

白ばくれたようなメールを返したので、怒り出すかもしれないと思っていた。でも、そうではなかった。瑞帆からの初めてのメールが、よほど嬉《うれ》しかったのか。それとも、果たして本当に喜んでいるのだろうか。送信者の真意は、文字だけでは読み取れない。

スマホを手に考え込んでいると、廊下から声がした。

「まだ起きてるの？」

思わずどきっとする。心臓が飛び出そうになった。顔を上げると、寝ぼけ眼の慎也が立っている。

「うん。ちょっと……明日《あした》の仕事の確認をしていて」

そう言いながら、さりげなくメールの画面を閉じた。

「どうしたの？」

「うん、トイレ……」

大きな欠伸《あくび》をしながら、トイレに向かっていった。

少し経つと、水が流れる音がして、夫がトイレから出た。寝室に入ってゆく。瑞帆も怪しまれぬよう、寝室に戻ることにした。スマホを充電ケーブルに接続し、キッチンカウンターの上に置く。また新たなメールが届くかもしれなかった。だがベッドに持ち込んで、万が一、夫にメールを見られるとまずい。

寝室に入ると、まずはベビーベッドを覗《のぞ》き見た。美空がすやすやと、寝息を立てて眠っている。枕元に置いてあるタオルで額の汗を拭《ふ》いた。はみ出している小さな足を布団の中に仕舞い、瑞帆も傍らのセミダブルのベッドに向かう。布団に入るとすぐに、後ろから慎也が抱きしめてきた。彼の体温を感じながら目を閉じる。夫はそのまま眠ったようだ。だが瑞帆は目が冴《さ》えて、なかなか眠りにつけなかった。

朝になった。

窓の外は白み始め、鳥のさえずりが聞こえてくる。瑞帆は目覚めると、真っ先にキッチンに向かった。キッチンカウンターに置いたスマホを手に取る。

暗証番号を打ち込んでロックを解除した。believer からの新しいメールは届いていない。昨夜のメールには「今夜はぐっすりと眠れそうです」と書かれていた。相手は本当に眠ってしまったのだろうか。

次のメールが来たのは、その日の夕方だった。

美空を引き取って、ベビーカーを押して駅前の道を歩いている時のことだ。夕暮れの人混みの中、バッグの中でスマホが震えた。思わず立ち止まり、スマホを取り出す。

親愛なる木村瑞帆様
あなたからの初めての返信に興奮し
昨夜はあまり眠れませんでした（笑）

慌ててベビーカーを動かした。通行の邪魔になるかもしれないと思い、道の端に寄せる。

改めてスマホの画面を見ようとしたその時、再びスマホのバイブレーション機能が作動する。新たなメールを受信した。

――でも本当に嬉しかったんですよ
私たちの関係が一歩前進したのですから――

スマホを手にしたまま、瑞帆は打ち震える。

believer からのショートメールが続々と送られてくる。

――何か誤解されているのかもしれませんが
本当に私は、あなたの不利益になるようなことは
一切考えていないんです
これからのあなたの人生が
素晴らしいものになるよう祈り続けている次第なのです――

私の目的はただ一つ
あなたを守りたい
ただそれだけなんですよ
本当です
それ以外の目的は何もありません

でも本当によかった
あの日あの時
私があの場所にいて
あなたを救うことができて

だから一度会いたいのです
あなたの罪を永久に消し去るために

何度も言います
私は不利益になるようなことは絶対にしません
あなたを破滅させたくないからです

親愛なる木村瑞帆様
あなたと出会った時に
私は自分の役割に気がつきました

命がけであなたを支えること
それが私の人生なのだと
なぜなら私は、あなたの信奉者なのですから

believer

五

一定のリズム。小さな背中に優しく手を当てる。

美空が微睡《まどろ》み始めた。

薄暗い寝室——

デジタル時計は、午後九時を示している。

瑞帆はセミダブルのベッドに横たわり、娘を寝かしつけていた。

美空の寝顔を眺めながら考える。先ほど、連続して送られてきたbelieverからのショ

ートメール。それを読んで、自分の推測が大きく違っているように思えてきた。

メールには「関係が一歩前進した」「あなたを守りたい」「あなたの信奉者」などと、相変わらず気味悪い言葉が並んでいた。それを見て、送信者の正体は警察関係者ではないような気がしてきたのだ。

警察の人間ならば、こんな手の込んだことをするだろうか。日本の警察は、原則としておとり捜査は禁じられていると、刑事ドラマで見たことがある。法律のことはあまり詳しくないが、不当な捜査方法で得た証拠は、裁判では認められないはずだ。

犯人であるという確固たる証拠を得られていないので、ショートメールを送りつけて、自白を促そうとしているのではないかとも考えた。でも証拠がないとは思えなかった。あの駐車場に防犯カメラはなかったとしても、駅の改札口には、必ずカメラが設置されている。事件当夜、自動改札の前で会話する二人の姿が記録されているはずなのだ。死亡推定時刻の直前に、被害者と会話する怪しい女性。警察はすぐに、その存在にたどり着くだろう。そして瑞帆を参考人として呼び出し、凶器の指紋と照合するに違いない。警察が自ら、ショートメールを送りつけるような、不当な捜査方法をとるとは考えにくい。

やはり警察が、世間にもマスコミにも知られないように、事件を捜査しているという推測自体が間違っているのかもしれない。隆も瑞帆も、政治家や要人ではなく単なる一般人である。事件も誘拐事件などではない。秘密裏に捜査する理由が分からない。

きっと事件はまだ発覚していない。警察は捜査など行っていないのだ。

では一体なぜ、こんなショートメールが送られてきたのか。メールの送り主は誰なのか。believerとは何者なのだ。

ふと見ると、美空が眠りに落ちていた。起こさないように静かに起き上がる。娘の身体をベビーベッドに移動させた。

寝室を出ると、キッチンの方から水の音が聞こえる。覗き込むと、腕まくりした慎也が、夕食で使った食器を洗っていた。思わず彼女は言う。

「ごめん。代わるよ」

「大丈夫、大丈夫、俺に任せて……。ママはゆっくり休んでて。風呂《ふろ》にでも入ったら」

「ありがとう」

瑞帆は微笑んだ。ごしごしと食器を洗いながら、慎也は言う。

「今日も仕事だっただろ。疲れたんじゃない？」

「そうね。……ずっと休んでたから、なかなか調子がつかめなくて。この前もミスしちゃって……」

「ミス？」

「そう。物件のダブルブッキング。私の確認ミスで。上司が気づいて、大事には至らなかったけど」

「へえ、珍しいんじゃない。瑞帆が仕事でミスするなんて」

「そんなことないよ……。でも、本当にちょっと疲れてるのかな。簡単なミスをするなんて。なんだか自分が情けなくて」

　そう言うと、瑞帆は力なくダイニングチェアに腰掛けた。泡のついた食器を持ったまま、カウンター越しに慎也が言う。

「やっぱり、もう少し育休延ばしてもらったらどうだ。ここの家賃なら、どうにかなると思うから。あまり無理しない方が……」

「うん……でも、これ以上休んで、会社に迷惑かけるわけにもいかないし。大丈夫だよ」

　もちろん瑞帆の疲労の原因は、立て続けに送られてくるbelieverからのショートメールである。だが、そのことは口が裂けても言えない。それを知らずに、心配してくれる彼に対し、居たたまれない気持ちになった。

　慎也が声をかける。

「美空は……もう寝た？」

「うん、もうぐっすり。背中に手を当てて、とんとんするとすぐに寝た」

　すると、彼は微笑みながら言う。

「そう言えば聞いたことがある。赤ちゃんの背中を叩《たた》いたらすぐ眠るのって、お母さんの胎内にいた時の記憶があるかららしいよ。とんとんと一定のリズムが心地いいのは、母親の心臓の鼓動を思い出すからなんだって」

心臓の鼓動――

その言葉を聞いて、思わず視線を下ろす。

瑞帆は二年前の夜、隆の遺体に耳を当てた時のことを思い出した。確かにあの時、彼の心臓の鼓動は止まっていた。

また、あの嫌な仮説が脳裏をよぎる。もし自分が立ち去った後、隆の心臓が再び動き出していたとしたら。彼が息を吹き返し、生きているとしたら……。

believer の正体はやはり……。

この前見た夢を思い出す。

喉元《のどもと》にナイフが突き立てられたまま、うすら笑いを浮かべる隆の顔――

やっぱり彼は生きている……。

慌てて、その想像を頭から振り払った。そんなはずはない。あの時、隆は死んだのだ。

彼がメールの送信者であるはずはない。

それでは一体誰が……。

昨日送られてきたメールが頭に浮かぶ。

親愛なる木村瑞帆様

返信頂けずとても残念です

こう書けばお返事もらえるでしょうか

——私がお話ししたいのは、あの夜の駐車場の件です　believer——


送信者が、瑞帆の犯罪について知っていることは間違いない。でもなぜ、その人物はあの夜の出来事を知っているのか……。

もしや……。

先ほど、believerから届いたメール。

——でも本当によかった
あの日あの時
私があの場所にいて
あなたを救うことができて——

この文面を見た時、瑞帆は思った。

やはりメールの送信者は、あの駐車場にいたのだろう。そして犯行の一部始終を目撃していたのだ。そして……。

——あなたを救うことができて——

そうか……。

やはりそうなのか。

瑞帆は鳥肌が立った。脳裏をよぎった恐るべき推測。だが、全ての辻褄《つじつま》が合う……。

believerが遺体を隠したのだ。

瑞帆があの駐車場から逃げ出したあと、犯行を目撃していた誰かが、隆の遺体をどこかに持ち去ったのである。だから事件は発覚せず、報道されることもなかった。

つまり、believerと称するメールの送信者が、事件自体を消し去ってしまったのだ。でも何のために？

警察に連絡しなかったのはなぜだろう。人殺しの場面を目撃したのだ。普通の人間ならば、通報するはずである。それに、遺体を持ち去っていたとしたら、どうして、そんなことをしたのか。発覚したら、死体遺棄の罪に問われることは間違いない。なぜそのような危ない橋を渡ってまで、事件を隠したのだろうか？

一体、believerとは何者なのだ。

これまでのメールを見ると、送信者は多大なる好意を寄せてくれている。それが本心かどうかは知らないが、なぜ彼（彼女？）は自分のことを知っているのだろうか。

その人物は、知り合いの中にいる可能性が高い。見ず知らずの人が、偶然目撃した殺人事件の加害者をかばうとは思えないからだ。では、その人物は一体誰なのか。

頭の中で、該当するような人を思い浮かべる。自分に好意を寄せている人物。もしくはその逆で、憎しみを抱いている人間なのかもしれない。一体誰だろう。すぐには、それらしき人を思いつかない。

「瑞帆、瑞帆……」

思わずはっとする。

「どうかした？」

慎也が訝《いぶか》しげな声で言う。

「ううん。何でもない」

慌てて瑞帆が否定する。

「ごめん。ちょっと考えごとしてた……」

「そうか……」

いつの間にか、洗い物は終わっている。流しの水切りかごには、洗ったばかりの食器が山積みとなっている。慎也がタオルで手を拭《ふ》きながら声をかける。

「あのさ、一つ聞いていい？」

「うん。どうしたの？」

ためらいがちに、慎也が言う。

「今……何か困っていることない？」

「え……」

思わず口を閉ざした。

慎也がキッチンから出てきた。彼女の目をじっと見て言う。

「俺には分かるんだ。瑞帆のことずっと見ていると……。最近顔色もよくないし。何かつらそうで……」

瑞帆は口籠《くちご》もる。なるべく慎也に悟られないようにしていたつもりだった。でも、やはり隠し切れなかった。彼は分かっていたのだ。

「本当に、もし何か困ったことがあったら何でも話して欲しい。心配なんだ。俺、瑞帆のこと……」

その言葉を聞いて、涙が出そうになる。まともに夫の顔を見ることが出来ない。

彼の優しさにすがりたい……。そう思った。本当のことを話してみようか。今までひた隠しにしていた真実を。そうすれば楽になれるかもしれない。

全てを打ち明けよう。瑞帆はそう決意した。

「うん……実は……」

話し出そうとする。夫は息を凝らして、自分を見つめている。でもいざ口にしようとすると、言葉にならなかった。一体、何から話せばいいのだろうか。

私は人を殺した――

犯行を目撃した誰かが、遺体を隠し事件をもみ消した――

その人物から頻繁に来るメールに苦しんでいる――

一体自分はどうすればいいのか――

そんな話を聞いたら、彼はどんな反応を示すのだろうか。自分の妻が殺人犯だと知ったら、どう思うのだろう。最初は、冗談と思って真に受けてくれないかもしれない。でも残念ながら冗談ではない。瑞帆が人を殺したのは事実なのだ。それを知ったら、彼は何と言うのか。

やはり、警察に行くべきだと言うのだろう。確かにそうなのだ。それが、真っ当な人間の答えであり、唯一の正解に違いない。

だが警察に行くのが、どうしても恐ろしかった。自分は逮捕され、夫は深く傷つくのだ。美空は殺人犯の娘として生きてゆかねばならない。二人に申し訳なかった……。

殺人を犯した当初は、警察に捕まる覚悟だった。逮捕されるまで、隆の呪縛《じゅばく》から解放された人生を享受しよう。わずかな間だけでもいいから……。そう思っていた。

でも結局は逮捕されず、二年の月日が流れた。慎也と結ばれ、可愛い娘を授かった。この二年の間は、これまでの人生で最高の時間だった。この幸福は、神様が与えてくれたものだと信じていた。

しかし、そんな都合のいい話ではなかったのだ。自分の罪が消えることなど、あり得るはずはない。自らの愚かさを思い知った。

やはり本当のことを言うわけにはいかない。なぜなら彼女の秘めた真実は、夫の想像を遥《はる》かに超えたものだからだ。ダッテジブンハ、ヒトヲコロシタノダカラ……。

なんとか彼を傷つけずに、この問題を解決しなければならない。瑞帆は口を開いた。

「……困っていることと言えば、やっぱり仕事のことかな。ここのところトラブル続きで、あまりよく眠れてなくて……」

「そう……」

「でももう大丈夫だから。心配かけて、ごめん……。ありがとうね。いろいろと心配してくれて」

「そうか……でも、何かあったら、本当に相談しろよ。俺たち夫婦なんだから。一緒に頑張っていこう」

慎也は、瑞帆のか細い肩に手をかける。彼女は立ち上がると、夫の胸に顔を埋《うず》めた。背中に手を回し、慎也は彼女を抱きしめる。

「あのさ……、実は俺……」

何か言おうとする。彼の腕の中で次の言葉を待った。

「やっぱり、いいや」

「どうしたの」

「うん……やっぱり、いい」

そう言うと慎也は、手を下ろした。無言のまま、キッチンに戻ってゆく。瑞帆は去って行く彼の後ろ姿を見つめた。

六

それから数日が経過した。

午前十一時五十分——

電車のドアが開くと、駅のホームに降り立つ。

初めて降りる駅だった。会社の最寄り駅からは、電車で二十分ほどの場所にある。瑞帆は今朝、業者と打合せがあると言って会社を出た。でも本当は打合せではなかった。

後ろめたい気持ちのまま、改札口に向かう。自動改札を出ると、一旦《いったん》立ち止まり、バッグからスマホを取り出した。地図アプリで改めて場所を確認する。

少し歩くと、すぐに目的地が見えてきた。

高層ビルに囲まれた、コンクリートで舗装された公園。もうすぐ昼休みだからなのか、噴水がある広場に、多くの利用者の姿がある。意を決して、敷地のなかに足を踏み入れた。

心臓が張り裂けそうになる。

昨夜までは、来るつもりではなかった。でもいろいろと悩んだ末、結局来てしまった。

believerからの新たなショートメールが届いたのは、四日前のことである。

親愛なる木村瑞帆様
五月〇日正午
××公園で待っています
××駅を出てすぐの公園です
あなたにお会いできることをとても楽しみにしています
believer

このメールの後に、公園の場所を示す地図サイトのURLが送られてきた。

ついに相手は具体的な日時や場所を指定してきたのだ。ここに行けば、believer に会える。メールを送りつけてくる人物の正体や目的が判明するのかもしれない。

　でも瑞帆は躊躇《ちゅうちょ》した。一人でその場所に行くのが、どうしても恐ろしかったからだ。

だから、そのメールを無視することに決めた。相手の言うとおりにしてしまうと、思う壺《つぼ》になるような気もした。

でも今朝になって、美空を保育園に送り届けると、言い知れない不安が襲ってきた。

相手が怒り出してしまったらどうしようか。believer はこちらの秘密を知っている。

自分が来ないことに腹を立て、警察に駆け込まれたら一巻の終わりである。

そういえば、以前送られてきたショートメールにこんなことが書かれてあった。

何度も言います
私は不利益になるようなことは絶対にしません
あなたを破滅させたくないからです

確かにそうなのだ。この「破滅させたくない」という言葉は、いつでも「破滅させることができる」ということの裏返しなのである。相手がその気になれば、自分はすぐにでも破滅してしまう。

そんなことを考えていると気が気でなくなってきた。believerと直接会うべきなのかもしれない。そう思い始めた。ネットで見ると、指定された公園は駅前にあり、利用者は多い。そんな場所では、手荒な真似は出来ないはずだ。やはり行くしかない。それで、上司に嘘をついて、オフィスを飛び出したのだ。

緊張した面持ちのまま、公園の中を進んでゆく。

believerはもう来ているのだろうか。園内にいる人々の顔を見渡す。だが、相手に関する情報は一切なかった。男か女かも分からない。噴水を中心に一回りすると、空いているベンチに座り込んだ。

さりげなく周囲の様子を窺《うかが》う。スポーツ新聞を読んでいる中年男性。犬の散歩をしている老人。弁当を広げる二人組のＯＬ風の女性。幼い子供を遊ばせている母親。立ち話をしている年配の女性たち。携帯電話で話しているサラリーマン。believerは、瑞帆の知人の誰かかもしれなかった。だが今ここには、彼女の知り合いと思《おぼ》しき人の姿はない。

腕時計を見る。時計の針はまもなく、正午を指そうとしていた。believerとは誰なのか。どのような方法で接触してくるのだろうか。本当に知人の誰かなのだろうか。もしそうだとしたら、なぜこのようなまどろっこしい方法をとるのだろう。そもそもなぜその人物は、隆を殺したことを知っており、遺体を隠すまでしたのか。いろいろと疑問が浮かび上がってくる。

でも、もうすぐbelieverはここに来る。それらの疑念も解消されるはずなのだ。瑞帆は固唾《かたず》を呑《の》んで、相手が現れるのを待つ。

公園を訪れてから、十五分ほどが経過した。まだbelieverは姿を見せない。口の中がからからに乾いている。緊張の糸は張り詰めたままだ。

その時である。噴水の向こう側で、スポーツ新聞を読んでいたスーツ姿の男がゆっくりと立ち上がった。はっきり言って、堅気とは思えない雰囲気が漂っていた。年齢は四、五十代ほどだろうか。整髪料で髪を固め、サングラスをかけている男性である。

男は新聞片手に、ゆっくりとこっちに歩いてくる。この男がbelieverなのか。思わず身構える。男はどんどん近寄ってくる。逃げ出したくなるが、なんとか堪《こら》える。掌《てのひら》に汗が滲《にじ》んでいる。男が目前にまで迫ってきた……。

瑞帆は息を呑む——

だが……。男は彼女の前を通り過ぎると、広場から出て行った。駅の方に向かってゆく。

安堵《あんど》のため息をついた。どうやら彼は、believerではなかったようだ。

さらに十分ほどが経つ。時刻はまもなく、十二時半になろうとしている。相手が指定してきた時間から、三十分も過ぎていた。不安になってくる。弁当を食べていた二人組のＯＬが立ち上がった。楽しそうに話しながら、公園を去って行く。

さらに三十分が経過した。時計の針が一時に向かうに従い、人の数もまばらになっている。ただ時間だけが過ぎ去ってゆく。一向に現れる気配はない。

一体、believerはどうしたのだろうか。自分で呼び出しておいて、結局来ないつもりなのだろうか。

その時、スマートフォンが震えた。バッグからスマホを取り出し、慌てて画面を見る。ショートメールを受信する。送信者はbelieverである。

親愛なる木村瑞帆様
本当に来てくれたのですね
感動です
believer

思わずはっとした。

相手は、自分が公園に来ていることを知っている——

やはり、この場所にいるのだ。

スマホを握りしめたまま、周囲を見渡した。believerがどこかにいる。ベンチに座っている自分のことを見ているのだ。でも瑞帆にはそれが誰だか分からない。

感情が爆発しそうになる。

一体何を考えているのだろうか。「会いたい」と、この場所を指定したのはそっちの方である。なぜこそこそ隠れて監視するようなことをしているのだろうか。ふざけているにもほどがある。

すると再びメールが来た。

大変申し訳ないですが

今日は中止にしましょう

やはりまだ気持ちの整理がついておらず

ほんとうにすみません

後日、またの機会に

believer

緊張の糸がぷっつりと切れる。怒る気持ちにもなれなかった。ただ疲労感だけが、どっと押し寄せてくる。

「気持ちの整理」とはどういうことなのか。全くもって意味が分からない。結局何が目的で、ここに呼び出されたのか。でも、自分勝手な相手の心情を、推し量る気力も残されていない。

結局、弄《もてあそ》ばれただけである。そのことを悟ると、おもむろにベンチから立ち上がった。まだどこかでbelieverが見ているかもしれなかった。それでも構わず、瑞帆は公園を後にした。

七

それから一ヶ月が経った。

以降、believerからの新しいショートメールは届いていない。あれほど頻繁に送られてきたメールは、突如として途絶えてしまった。一体どうしたのだろうか。気になって仕方なかった。とはいえ、こちらから様子を窺うようなメールを送るわけにもいかない。

もちろん、もう二度とメールを送って来ないのなら、その方がいいに決まっている。出来ることなら、不安に怯《おび》える日々は一刻も早く終わって欲しい。もう相手が、二度と接触して来ないというのであれば、それは瑞帆が望んでいる通りのことである。これで全てが終わりだったらどんなにいいか……。でも、終わりだという保証はどこにもない。believerの沈黙が怖い。不安定な気持ちを抱えたまま、日常を過ごしていた。そんなある日のことだ。

その日は水曜日で、瑞帆の会社は定休日だった。午後二時すぎ、彼女は美空を乗せたベビーカーを押して、散歩に出かけることにした。

空は一面の雲に覆われている。もうすぐ梅雨入りだとニュースで言っていたが、今日は雨の予報ではない。

マンションから十分ほど歩くと、遊歩道に差し掛かった。緑あふれる欅《けやき》並木の道。平日の午後とあって人の姿はまばらである。遊歩道の両側にはベンチが並んでいる。適当なベンチを見つけると、そこに座ることにした。

ベビーカーの中を覗《のぞ》き見ると、いつの間にか美空は眠っていた。愛《いと》しい娘の寝顔を眺めていると、声がした。

「木村さん……ですよね」

「はい？」

思わず顔を上げた。

瑞帆の前に、仕立てのいいジャケット姿の男性が立っていた。高そうな革の帽子を被《かぶ》っている。一瞬誰だか分からなかった。

人の好《よ》さそうな笑みを浮かべて彼は言う。

「覚えてらっしゃいませんか。郷田《ごうだ》ですよ。二年前、××のタワーマンションに入居する時にお世話になった」

瑞帆は思わず立ち上がった。

「あ、これは失礼しました。その節はどうもありがとうございました」

郷田は柔和な笑みを浮かべる。瑞帆は思い出した。彼は確か、株式関係の仕事をしていると言っていた。あの時は独身で、彼女が紹介したタワーマンションに、一人で住むと話していたことを覚えている。

「こちらこそ、木村さんには大変お世話になりました」

そう言うと彼は、丁寧に頭を下げた。資産家だというが腰の低い人である。

「いえ、とんでもございません。その後如何《いかが》でしょうか。物件の方、何か不備などはございませんか」

「不備など全くありません。とても快適です。素晴らしい部屋を探してもらって、木村さんには本当に感謝しているんです」

「そうですか。それはよかった。もし何かご要望などありましたら、何なりとおっしゃってください」

「わかりました。ぜひそうするようにします」

声を弾ませてそう答えると、郷田はその場にしゃがみ込んだ。ベビーカーの中を覗き込みながら言う。

「可愛いお子さんですね。女の子ですか」

「ええ、そうです」

瑞帆は笑顔で答える。

「確かあの時は、木村さんは独身でしたよね。ご結婚されたんですね」

「そうなんです。郷田さんの物件をご案内させていただいたのは、まだ結婚する前でしたね」

「そうですか。それはよかった。おめでとうございます。僕なんか、相変わらず独り者ですよ」

ベビーカーの前で座り込んだまま、郷田が言う。

「でも、あの凄《すご》いタワーマンションに一人でお住まいだなんて、羨《うらや》ましいです」

「そうですか……。本当にそう思われますか」

「はい、もちろんです。本当にそう思いますよ」

すると郷田は、切れ長の目を三日月のような形にして笑う。

「でも、もしかしたら今度、誰かと暮らすかもしれないんですよ。あの部屋で……」

「ご結婚されるんですか」

「結婚するかどうかは分かりませんけど。相手次第というか……」

「そうですか」

「それにしても、可愛らしい娘さんですね」

そう言うと郷田は座り込んだまま、再び美空の顔を覗き込んだ。なかなか立ち去る気配がないので、瑞帆が声をかける。

「それでは郷田さん。ちょっと買い物の方に出かけますので、これで失礼致します」

丁寧に頭を下げると、ベビーカーのハンドルに手をかけた。

郷田は立ち上がると、穏やかな声で言う。

「あの……もうちょっといいですか？」

瑞帆は思わず足を止めた。

「あ、はい。まだ何か？」

「いや……実は僕は今日、あなたに謝ろうと思ってここに来たんです」

「謝る？」

申し訳なさそうに彼は言う。

「この前のことです。一ヶ月ほど前、あなたを呼び出したのに、僕はすっぽかしてしまった。そのことを謝ろうと思って」

一瞬、言葉の意味が分からなかった。

彼が何を言っているのか？　何について、謝ろうとしているのか。

一ヶ月前――

まさか……。

その意味を悟った瞬間、瑞帆の顔から一瞬で血の気が引いた。

「本当に申し訳ありませんでした。僕もあの場所に行ったんですよ。でもあなたの姿を見かけると、声をかける勇気がなくて。本当に情けない……」

瑞帆は黙り込んだ。あまりに突然のことで、頭の中は真っ白になる。何を言ったらいいのか、適切な言葉が思い浮かばない。

「会社を抜け出して折角来てもらったのに、本当にごめんなさい。あの時、怒っていませんでした？」

郷田が問いかける。瑞帆は答えなかった。頭の整理がつくまでは、下手なことを言うわけには行かない。構わず、彼は話し続ける。

「でも、あなたには申し訳なかったけど、僕は本当に嬉《うれ》しかったんですよ。木村さんの姿を見た時、やっと僕の誠意が伝わったって。感動したんです。だって、あなたは一度しか返事をくれず、自分の罪を決して認めようとはしなかったですからね」

これ以上、この男の話を聞いてはいけない。本能的にそう感じた。思わず彼の言葉を遮る。

「すみません。お話の意味がよく分かりませんけど」

「え、分かりませんか」

「はい。大変申し訳ございませんが、どなたかと勘違いなさっているのではありませんか」

瑞帆がそう言うと、郷田は悲しげな表情を浮かべる。

「そんなこと言わないで下さい。僕はこの一ヶ月悩んだ挙げ句、勇気を振り絞ってあなたに声をかけたのですから」

「ごめんなさい。本当に何のことか分からないんです。それでは、失礼します」

ベビーカーを押して、その場を立ち去ろうとした。後ろから郷田が声をかけてくる。

「いいんですか。このまま帰ってしまっても。困るのはあなたの方だと思うんですけど」

その言葉を聞いて、図らずも足を止めてしまった。無視して、行ってしまうべきだった。でも、立ち止まざるを得なかった。

背後から郷田の声がする。

「ここじゃ人目に付きますので、少し歩きませんか」

思わず振り返った。

三日月のような目で、彼は瑞帆に微笑みかけている。

八

郷田の後をついて、遊歩道を出た。

彼は住宅街の中にある、バス通りの道に進んでいった。ベビーカーを押しながら、郷田の後ろを歩く。幸い美空はぐっすりと眠っている。おもむろに彼が口を開いた。

「まず最初に断っておきたいのは、本当に僕の目的は木村さんを困らせることではないということです。メールにも書いたように、僕はあなたの味方ですから。それだけは本当に、ご理解頂きたい」

瑞帆は答えなかった。不用意な発言は危険である。無言のまま、ただひたすら、郷田の後ろを歩いていく。

昼下がりの住宅街の道。通行人はほとんどいない。二人の傍らを、一台の路線バスが通り過ぎてゆく。バスが過ぎると、彼がまた話し出した。

「でも、あの時は本当に驚きましたよ。二年前のあの夜、駐車場であなたの行為を目にした時は……。本当に我が目を疑いました。あなたのような美しい方が、あのような残虐な犯罪を起こすとは……」

そう言いながら、郷田は歩き続ける。

「もちろん、殺人事件の現場を見たのは初めてでした。テレビとか映画とかではよく見ますが、本当に人が殺される所など、普通の人間は見ることなどありませんからね」

瑞帆は黙して語らない。頑《かたく》なに口を閉ざしている。

「だから、僕も慌ててしまったんです。あなたが立ち去った後、血まみれのあの男の姿を見た時は、どうしようかと思って。警察を呼ぼうか。いや、救急車を呼んだ方がいいのか……。でも手首を触ると脈は止まっていて、呼吸もしていなかったので、救急車を呼んでも無駄だなと……。だから警察に電話しようと、携帯を取り出して、ふと思ったんです。警察を呼んだら、木村さんが逮捕されてしまうかもしれないって。今この時点では、あなたが起こした犯罪は僕だけしか知らない。この遺体を隠さないと……。木村さんを守らなくちゃって。それを出来るのは、この僕だけだって」

歩きながら、郷田は話し続ける。

「そう思うと、居ても立ってもいられなくなりました。僕は何事も、よく計画を練って行動するタイプなのですが、あの時は考えている余裕などありませんでした。まずは遺体を、どこかに運ばないといけないと思い、自宅に戻って車を取って来ようと考えたんです。でもそうするためには、どこか遺体を隠す場所が必要でした。あんな場所に放置したままだと、すぐに誰かに見つかってしまうかもしれません。辺りを見渡すと、近くにブルーシートに覆われた一角がありました。建築資材が置かれた場所です。それで、そこまで遺体をずるずると引きずっていったんです。あ、勘違いしないでくださいね。僕は本来とても怖がりなんです。だから、本当に恐ろしくて。遺体を見たのは、お葬式の時以外はそれが初めてでしたから。でも、あなたのためだと思い、勇気を振り絞って、あの男の遺体を動かしたんです」

郷田の話は続く。瑞帆は黙ったまま、彼の話に耳を傾けている。

「それで、建築資材の隙間に遺体を押し込み、ブルーシートの下に隠しました。これでもう、外からは見えません。それから、血痕《けっこん》が目立たないようにと、男が倒れていた場所と、遺体を引きずった跡を足で踏みならしたんです。あの時は、いつ駐車場に車が入ってくるかもしれないと思い、本当にドキドキでしたよ。それで、慌てて駐車場を飛び出して、タクシーを拾いました。自宅に着くとすぐに、自分の車に飛び乗って、駐車場に戻ったんです」

饒舌《じょうぜつ》に、郷田は語り続ける。

「その時はもう、神に祈るような気持ちでした。もし万が一遺体が見つかっていたら、全ては水の泡ですからね。だから、駐車場に戻って遺体を見た時は、ほっとしました。神様は我々に味方してくれているって。それで、周りに誰もいないことを確認して、遺体を車のトランクに押し込み、建築資材に付着した血痕を雑巾《ぞうきん》で拭《ふ》き取ったんです。あと気にされていたと思いますが、あの駐車場には防犯カメラは設置されていませんでした。それは、遺体を隠す前にチェックしておきましたから大丈夫です。ご安心ください」

ここまで一気に話すと、突然彼は足を止めた。振り返ると、瑞帆の顔を見て言う。

「どうですか。ここまでの話はご理解頂けたでしょうか」

何も言えなかった。自分に出来ることは、ただ表情を読み取られないように、平静を装い続けることである。でも、心のなかはひどく動揺していた。まさか自分が逃げ去った後で、そんなことが行われていたとは、思いも寄らなかった。

だがそれ以上に、多くの疑問が頭をもたげた。今の話が全部本当ならば、どうして郷田は遺体を隠すという行為をしたのだろうか。遺体を遺棄すれば、彼も罪に問われてしまう。一体どうして、そんな危険な行動を起こしたのだろう。瑞帆を守るためにと言うが、二人は単に、不動産会社の社員とその客という関係でしかないはずである。それに、なぜ彼は犯行の現場を見ていたのだろうか。偶然、あの駐車場にいたとしたら都合が良すぎる話である。

瑞帆が黙っていると、また郷田が口を開いた。

「大丈夫ですよ。録音なんかしていませんから。そんなことをしなくても、僕はあなたが殺人を犯したという確固たる証拠を持っていますので……。あ、すみません。別に今の言葉は脅かすつもりで言ったわけではありませんから。ごめんなさい」

その言葉を聞いて、瑞帆の感情はさらに揺さぶられた。

確かにこの男の言う通りなのだ。ここで沈黙していてもあまり意味はない。彼は瑞帆が「殺人者」であるということを知っている。もう言い逃れは出来そうにない。

「いいでしょう。話が進まないので、僕があなたの気持ちを代弁しましょうか。あなたは今、一体なぜ僕がそこまでするのか？　そう思っていましたよね」

そう言うと、瑞帆の顔を覗《のぞ》き込んだ。

彼女は黙り込んだままである。構わず郷田が話を続ける。

「では、その答えを言いましょう。木村瑞帆さん……いや結婚したので、今は津坂瑞帆さんですよね。瑞帆さん……僕にとって、あなたはずっと憧《あこが》れの人だったんです。あなたが犯行を起こす前からずっと……」

「どういうことです」

思わず瑞帆は口を開いた。郷田は照れくさそうな顔で言う。

「瑞帆さんを最初に見かけたのは、通勤電車の中でした。その時、僕は思わず目を見張ったんです。まさに鶏群の一鶴《いっかく》とはこのことなのでしょう。あなたのような、可憐《かれん》で儚《はかな》げな女性を見たことがありませんでした。その瞬間から僕は、虜《とりこ》になってしまった。だから思わず、僕も同じ駅で降りてしまったんです。そして、あなたが不動産会社で勤務していることを知りました。その日から僕の日課は、瑞帆さんの後をつけることになったんです」

小さな笑みを浮かべながら、郷田は話を続ける。

「僕は会社勤めしているわけではありません。だから別に通勤電車に乗る必要はないんです。でも気が向いた時に、別に用もないのに電車に乗ることがあって……。ちょっとした趣味とでも言うんでしょうか。それで、気になった人を見つけると尾行するんです。あ、勘違いしないでください。別に後をつけて、どうこうしようという訳ではありませんから。それに女性だけじゃありません。男性の場合もあります。その人がどんな会社に勤めているか。どんな家に住んでいるか。家族はいるのか。どんな店に行くのか。いろいろと調べるんです。意外とそれが楽しいんですよ。だから、瑞帆さんの姿を見かけてからはずっと、あなたの後をつけていたという次第でして。僕は株の取引で生計を立てているので、時間が有り余るほどにあります。だから、あなたと常に行動を共にし、瑞帆さんの姿を遠くから眺めることが、僕の生きがいになったというわけなんです」

「ずっと、尾行していたということですか」

「そういうことです」

「いつから……ですか？」

「あなたと知り合いになる、ずっと前からです」

思わずめまいがした。

世界がぐるりと回転し、別の世界に入れ替わってしまったような感覚である。彼の存在など全く気がつかなかった。

「いや……恥ずかしながら、申し訳ございませんでした。でも最初は、あなたの姿を眺めているだけで良かったんですよ。あなたの見目麗しい姿を、遠くから見るだけで僕は幸福でした……。正直言うと、何度かあなたに声をかけようかと考えたこともありました。でも、もし拒絶されたらどうしよう。そう考えると恐ろしくて、とても実行には至りませんでした。だから僕に出来ることと言えば、せいぜい客のふりをして、あなたが勤務する不動産会社に行くことぐらいだったんです。もちろん部屋を探している時も、あなたと深い関係になるなどと、大それたことは夢にも思っていませんでした。ただ間近であなたの顔を見ることが出来る。あなたに話しかけてもらえる。それだけで、幸せだったんですから」

彼の話を聞いていて、さっきからずっと胸がむかついていた。何度か、もどしそうになるが、なんとか堪《こら》える。郷田は構わず、語り続ける。

「僕は若いころから勉強一辺倒で、社会人になっても仕事ばかり。女性との交際はどちらかというと得意な方ではありませんでした。だから僕にとって瑞帆さんは、決して手の届かない、憧れの存在だったんです。でもそれでもよかったんです。遠くからあなたを見ているだけで、僕は充分でした。あの夜までは……」

そこで彼は、意味深に唇を閉ざした。瑞帆は黙ったまま、次の彼の言葉を待っている。

「あの日もずっと僕は、あなたが仕事を終えるのを待ち伏せていました。午後九時すぎだったと思います。あなたがビルのエントランスから出てきたのは……。残業だったんでしょうか。いつもより遅かったですからね。それで、あなたの後をつけて電車に乗り込みました。駅に着くと、あなたは改札を出たところで、あの男に呼び止められた。僕は帽子を目深に被《かぶ》って、二人の傍らを通り過ぎました。それで、物陰に隠れて様子を窺《うかが》っていたんです」

瑞帆の脳裏に、二年前の記憶が蘇《よみがえ》ってくる。彼の言葉は続く。

「二人が何を話しているのかは、よく聞こえませんでした。すると、あなたが突然走り出した。あなたの部屋があったコーポとは逆方向にです。男もあなたを追いかけます。一体何が起こったか分かりませんでしたけど、瑞帆さんに万が一のことがあったら大変だと思いました。それで僕はわざと飛び出していって、あの男にぶつかったんです。覚えておられますか」

そう言いながら彼は、被っている革の帽子を指し示した。

「あの時被っていた帽子です」

瑞帆は目を見張る。確かに彼女が駆け出した時、隆にぶつかった通行人がいた。はっきりとは顔を覚えていないが、ぶつかった拍子に、帽子が飛んだのを記憶している。その隙に自分は逃げ出したのだ。でもまさか、それが郷田だったとは、思いも寄らなかった。

「その後、男は慌てて走り出します。僕もすぐに、彼の後を追いました。それで、あの駐車場にたどり着いたんです。駐車場の外から、息を潜めて、あなたたちの様子を見ていました。やがて二人は激しく言い争いを始めます。その内容から、あなたたちは過去に交際していたことが分かりました。男は嫌がるあなたを抱きしめ、無理矢理口づけします。あなたはそれを拒み、男を突き飛ばすと、彼はナイフを取り出しました。あなたが刺される。危ないと思い、とっさに止めに入ろうと思いました。でも、男はすぐにナイフの刃先を自分の喉元《のどもと》に向けます。そしてあなたに『殺せ』と言った。『お前に殺されたら、俺は本望だから』と……」

彼は、まるで実況するかのように語り続ける。

もうそれ以上思い出したくはなかった。一時は夢かもしれないと思い、脳裏の奥底に閉じ込めた記憶。でも彼は、その記憶の扉をこじ開けるかのように彼女を苛《さいな》む。

「男は、自分の喉元にナイフの刃先を向けたまま、どんどんあなたににじり寄っていく。

逡巡《しゅんじゅん》していたあなたはついに、ナイフの柄を両手で摑《つか》んで……」

「やめて下さい。もうそれで充分です」

思わず彼の言葉を遮った。もうそれ以上は聞きたくなかった。

「あ、これは申し訳ございません」

「よく分かりましたから。あなたがあの場所にいたことは……」

「ありがとうございます。やっと認めて頂けましたね。とても嬉《うれ》しいです。……でもあの時は本当に驚いたんですよ。ただ、憧れていた女性の後をつけていただけなのに、あんな恐ろしい場面を目の当たりにするなんて。あなたが立ち去った後、僕は途方に暮れてしまったんです。でも、今思えばこれは神の思《おぼ》し召しかもしれなかったんですね。僕が尾行していなければ、あなたの犯罪を隠すことは出来なかった。だから心の底から、よかったと思っているんです。あなたを守ることが出来て……」

そう言うと彼は、満足そうに笑う。

「結局僕も遺体を隠したので、共犯になってしまった。でも一切後悔はしていませんから。こうして、憧れの人と秘密を共有することが出来ましたので」

瑞帆は苛立《いらだ》ちまじりの声で言う。

「郷田さんがあの現場にいたことはよく分かりました。それで……あなたは何をしたいのですか？　私にあんなメールを送ってきて。一体どういうつもりなんですか」

「そうですよね。やっぱりそういう話になりますよね……。それでは、その質問にお答えしましょう。確かに二年前のあの夜、僕は瑞帆さんを守りたい一心であんなことをしました。その甲斐《かい》あって、あなたの犯罪は発覚することなく、今に至っています。あの男との間に何があったのか？　僕は詳しくは知りません。でも、きっとあなたにはあの男を殺さなければならない、拠《よ》ん所ない事情があったんでしょう。だから、僕は瑞帆さんが罪に問われることなく、自由を謳歌《おうか》すればいいと思っていました。事件が起こった後もずっと、あなたのことを見守っていました。でもその最中に、私の心境を大きく変える事態が起こってしまったんです。あろうことか、あなたは殺人を犯したにもかかわらず、この二年の間に恋人を作り、結婚までしたんですから。僕はずっと、その様子を遠くから見続けていました。あなたが恋人、つまり今のご主人と逢瀬《おうせ》を重ね、愛を育《はぐく》んでゆく過程とか……。お洒落《しゃれ》な焼鳥屋に行ったり、映画を観に行ったり、ラブホテルに入っていく所なんかも……」

「やめてください」

「これは失礼しました。でもどうしても、僕の気持ちを分かってもらいたくて……。最初はあなたを守りたい一心だった。ただ、瑞帆さんが幸福になれば、それでいいのだと……。でもあの津坂という男と交際し、子供まで産んでしまったのを見て、さらなる欲求が芽生えてしまったんです。瑞帆さんと交際し結婚するべきなのは、本当は僕なんじゃないかって……。その権利は、僕にあるはずです。だって僕があなたを救ったのですから。僕がいなければ、あなたは今刑務所の中にいるはずだからです。瑞帆さんのことを幸せに出来るのは、きっとこの世の中で僕だけなんです。だって僕は、あなたのことを誰よりも知っていますし、心の底から愛していますから……」

「あなたは何を言っているんですか」

「僕はあなたのことを愛しています。本当です。その気持ちに嘘偽りはありません。だから、烏滸《おこ》がましい願いだと思いながらも、どうしても、あなたの愛が欲しいと思ってしまったんです。それで、まずはショートメールを送って、僕という存在がいることを伝えることにしました。あ、瑞帆さんの携帯番号は、会社の人に教えてもらいました。僕は顧客ですからね。あなたがいない時に電話して、会社の携帯がつながらないからって言ったら、簡単に教えてくれましたよ。それで、一度お話をしたいと思って、あの公園に呼び出したんですが……。さっきも言ったとおり、いざ瑞帆さんの姿を見ると、話しかける勇気がなくて……。でもあなたがやって来る姿を見た時は、本当に嬉しかったんです。僕の呼びかけに応じて、来てくれたことが……。やっぱりそうですよね。あなたは僕の申し出を、絶対に拒むことなど出来ない。そのことを確信したんです。だから今日は、勇気を振り絞って声をかけてみたという次第なんです」

彼の言葉に、瑞帆は唖然《あぜん》とする。悦に入ったような顔で、郷田は話し続ける。

「僕にとってあなたは、最初は手の届かない、憧《あこが》れの人でした。だから、遠くから眺めているとしかできなかった。でも、神様は僕に千載一遇のチャンスを与えてくれたんです。あなたを手に入れることが出来る、幸運のカードを……」

瑞帆は我が耳を疑った。この男は何を言っているのか。思わず声が出た。

「……どういうことですか」

「だから言ってるじゃないですか。僕はあなたの愛が欲しいのです。ただそれだけです」

「何を言ってるんですか。私は結婚していますし、子供も……」

「こんなことを言いたくはないのですが、拒否権はないと思いますよ。分かっていますよね。僕にはあなたの愛を享受する権利がある。それに……瑞帆さんにとって僕は、神のような存在だと思うんです。あなたの誰にも言えない秘密を、僕は知っているのですから」

「それは……脅迫ですか」

「いや、もちろんそんなつもりはありません。あなたの犯罪を公にすれば、僕も罪に問われますので。だから最初から言っているように、僕は瑞帆さんの味方なんです。あなたを命がけで守りたい。本当にそう思っているんです。僕と結婚したら、金銭的に困ることはないと思いますよ。申し訳ないが、あの津坂という男よりも、何倍も稼いでいますし。あ、そうそう。覚えていますか？　二年前、タワーマンションを内見した時、こう言ったじゃないですか。『こんな素晴らしい部屋に住めるなんて、とても羨《うらや》ましいですね』って。先ほども同じようなことを、おっしゃっていましたよ」

瑞帆は思わず口籠《くちご》もった。

「僕は恋愛には不器用なので、本当にすみません。こんな形でしかあなたに気持ちを告げることが出来なくて……。でも僕は誰よりも真摯《しんし》に、あなたのことを愛しています。何があってもあなたを守り続けたい。それは嘘偽りなく、本当の気持ちなんです。それに……僕は誰よりも、瑞帆さんを幸せにする自信がある。運命と宿命は違うという話はご存じですか」

そう言うと郷田は、まじまじと彼女の顔を見た。

「運命は日頃の努力や苦労で変えられるものです。運命を変えたいと願い力を尽くせば、自《おの》ずと道は切り開かれる……。でも宿命は生まれ持ったものなので、変えることはできません。例えば、人間として生まれてきたら、人間として生きるしかない。それが宿命というものです」

真剣な顔で郷田は話し続ける。

「瑞帆さんも瑞帆さんとしての宿命を持って生まれてきた。これまであなたの人生には多くの苦難があったでしょう。私は、そんな宿命から瑞帆さんを守ってあげたいんです。僕の宿命はあなたを守ることですから」

瑞帆を見据えて彼は言う。

「だから僕の愛を受け入れるということも、あなたの宿命だと思うんです」

なんと答えたらいいのか分からなかった。彼の言葉は、明らかに常軌を逸していると思った。もちろん、そんな申し出など、受け入れられるはずはない。

怒りがこみ上げてくる。でも、なんとかそれを押し殺した。今、彼に逆らうことは賢明ではない。

その時である。堰《せき》を切ったかのように美空が泣き出した。

慌ててその場に座り込む。ベビーカーから愛娘《まなむすめ》を抱き上げた。泣き止ませていると、郷田がにっこりと微笑んで言う。

「別に、すぐに返事が欲しいとは思っていません。ゆっくりでいいですから。いろいろと考えておいて下さい。それではまた」

踵《きびす》を返して郷田は歩き出した。それを無視して、娘をあやし続ける。

すると、彼はおもむろに立ち止まった。振り返ると瑞帆に言う。

「ああそうだ。ぜひ今度、僕のタワーマンションに遊びに来て下さいよ。美空ちゃんも一緒に……」

そう言うと彼は、その場から立ち去っていった。

九

その後、ベビーカーを押してマンションに帰った。

買い物をして帰る予定だったが、スーパーには立ち寄らなかった。郷田と話した後のことはあまり覚えていない。彼の話を頭のなかで整理することが出来ず、何も考えられなかった。

部屋に入ると、美空を抱き上げ授乳を始めた。すぐに彼女はぐっすりと眠ってくれた。ベビーベッドに寝かせると、寝室を出た。トイレに駆け込む。あの男の話を聞いている時からずっと、胸がむかついて仕方なかったからだ。便器に向かって胃の中の内容物を吐いた。全部吐いた。

トイレを出て、洗面所で口をゆすぐと、ダイニングへと向かう。バッグから仕事用のノートパソコンを取り出した。保存されたデータのなかから、当時の顧客データを開く。郷田の名前を見つけた。

郷田肇《はじめ》様　三十五歳　職業　株式関係

確かに彼は二年前、瑞帆がタワーマンションを紹介した客だった。あのタワーマンションの部屋を内見した日は、隆を殺した次の日である。つまり郷田は、瑞帆が殺人を犯したことを知っていて、素知らぬ顔で接していたのだ。一体どういう神経をしているのだろうか。さらに彼は何年も前からずっと、自分を尾行していたという。時折感じていた不審な視線の正体も、郷田だったのだ。その事実を知り、鳥肌が立った。彼女の全身は、彼に対する嫌悪感で支配される。

美空の泣き声が聞こえてくる。慌てて立ち上がり、寝室へと向かった。ドアを開けると、彼女は必死で母親の姿を捜していた。ベビーベッドに駆け寄り、思わず抱き上げる。瑞帆の顔を見ると、安心したのか、すぐに泣き止んだ。

娘の顔を見ていると、涙がこみ上げてくる。娘と夫の慎也に対して、本当に申し訳ない。なんて、自分は愚かなのだろうかとつくづく思う。あんな男に付きまとわれていたなんて、考えたこともなかった……。

美空を抱いたまま、ベッドに座り込んだ。正直言って、どうしていいか分からなかった。瑞帆の脳裏には「絶望」の二文字しか浮かび上がってこない。

郷田の言うことは滅茶苦茶《めちゃ》である。

「あなたの愛が欲しい」と言うが、自分には夫がいるし、結婚していなかったとしても、彼など愛せるわけはない。でもあの男は自信満々だった。こちらが絶対に逆らえない切り札を持っているからだ。

よりによって、なんであんな男に犯行を目撃されたのだろうか。とんでもない弱みを握られることになってしまった。悔やんでも悔やみきれない。

でもその一方で、自分が幸せを享受しているのは、郷田という存在があったからにほかならない。彼が犯行を目撃し、隆の遺体を隠していなければ、犯罪は発覚していたからだ。今頃は刑務所の中にいて、慎也と結婚することも、美空が生まれることもなかっただろう。残念なことに、今の幸福な生活があるのは、郷田が犯罪を隠蔽《いんぺい》したからに違いない。

だが彼が自分に対し行っていることは、はっきり言って脅迫である。卑劣な行為だと思う。結局あの男は、「自分は味方である」「命がけで守りたい」と言いながら、こちらの運命を弄《もてあそ》んでいるだけなのだ。憤りを禁じ得ない。

彼からの脅迫には、断固として応じるつもりはない。あの男も死体を遺棄するという犯罪を行っている。だから滅多なことがない限りは（彼自身もそう言っていたが）、二年前の事件のことを公にすることはないと思う。自分も罪に問われてしまうからだ。でも本当にそうだろうか。彼の申し出を拒否したら、一体どうなるのだろう。あの男は、どういう反応を示すのか。電車の中で見かけた女性に、何年もの間、付きまとってきた男である。しかも、その女性を守るために、自らも不法行為を犯したのだ。その行動は狂気じみている。

あの男の自分に対する愛情は執拗《しつよう》で、尋常なものではない。だから、自らの愛が受け入れられないと知ると、どんな行動に出るかは予測がつかない。愛情が憎悪に変わり、破滅させようと思うかもしれない。自分も逮捕されてもいいからと、あの夜の出来事を公表する可能性は大いに考えられる。

そう言えば、隆の遺体はどうしたのだろう。車のトランクに押し込めたと言っていたが、その後一体どこに隠したのか。そして、今はどうなっているのだろうか。隆の首には、サバイバルナイフが刺さっていた。ナイフの柄には自分の指紋が付着している。あのナイフもきっと、郷田が保存しているに違いない。彼が警察に行って証言し、ナイフを提出すれば、犯行は白日の下にさらされる。凶器のナイフは、彼の切り札なのだろう。いずれにせよ、自らの命運はあの男が握っていることは間違いない。一体どうすればいいのだろうか。

ふと腕の中を見る。美空が寝息を立てて、気持ちよさそうに眠っている。思わず娘の身体を抱きしめた。柔らかい感触。ミルクのような匂い。あたたかな体温が伝わってくる。彼女の感触を確かめながら、瑞帆は考える。

この先、自分に与えられた選択肢は幾つかある。

まず一つは、あまり考えたくはないのだが、郷田の申し出を全面的に受け入れるということだ。そうすれば、自分の犯罪は明かされることなく、逮捕されることはない。確かに彼は株で成功し、豪華なタワーマンションで暮らしている。一緒に生活しても、金銭的に困ることはないのかもしれない。

だが「彼の愛を受け入れる」ということは、今の生活を捨て去るということになる。少なくとも、慎也とは別れなければならないのだろう。もちろんそんなことはしたくない。夫はやっと出会った生涯の伴侶《はんりょ》である。絶対に別れたくはない。

郷田は、娘の存在をどう考えているのか。さっき彼は、美空も連れてタワーマンションに遊びに来いと言っていた。もし自分が彼を受け入れたら、三人で暮らそうということなのか。でも、それもあり得ないことだ。決して、あの男に娘を触られたくはない。

どう考えても、郷田のことを受け入れることは出来ない。一見彼は、普通の男性である。二年前に客として接していた時は、穏やかで、偉そうな素振りはなく、悪い印象はなかった。でも、今その感情は反転している。先ほどのあの男の行動や発言は尋常なものではなかった。あの三日月のように笑う目。思い出しただけでも虫唾《むしず》が走る。

そんな風に思われていることを、彼は分かっているのだろうか。脅迫まがいに愛を強いても、その女性が相手のことを好きになるはずはないのだ。人間として最低である。実際瑞帆は、彼に対して、これまでの人生で感じたことがないほどの強い嫌悪感を覚えている。隆に付きまとわれている時も嫌だったが、もしかしたらそれ以上かもしれない。

いずれにせよ、彼の申し出を受け入れるという選択肢は、絶対にあり得ない。

二つ目の選択肢は、郷田の申し出を断固拒否するということだ。

だが先ほども考えたように、自らの愛が受け入れられないと知ると、彼は何をするか分からない。郷田が警察に行って全てを話せば、自分は逮捕されるだろう。慎也も妻の犯罪を知ることになり、苦しむことになる。美空も殺人犯の娘として、生きることになるのかもしれない。マスコミは事件を書き立て、夫と子供は好奇の目に晒《さら》される。そうなったら、本当に二人には申し訳ない。静岡の母親も悲しませたくはない。

やはり、自分は結婚などしてはいけなかったのだ。子供など産んではいけなかった。自らの愚かさを、瑞帆は改めて痛感する。

隆を殺害した瞬間、自分は重い十字架を背負ってしまったのである。そのことはよく分かっていた。でも慎也と恋に落ちた時、錯覚してしまったのだ。あの出来事は恐ろしい悪夢だったと……。もしかしたら、幸福になれるかもしれない。これは神様が与えてくれた機会なのだと……。でも、やはりそんなことはあり得なかった。神は今、もっと残酷な運命を与えようとしている。

三つ目の選択肢は、自分が警察に行き、殺人の事実を告白することだ。隆を刺した時、逮捕されてもいいと思っていた。彼が生きている限り、自分はこの男の支配から逃れられない。そう思い、衝動的に殺《あや》めてしまったのだ。本当なら、すぐに遺体は発見され、数日で逮捕されていたのだろう。でも郷田の存在により、遺体は隠され、二年の月日が流れてしまった。

あの男に弱みを握られて、びくびくして過ごすくらいなら、潔く罪を告白した方がすっきりするのかもしれない。死体遺棄の罪も明かされ、郷田も逮捕される。彼の卑劣なやり方に、一矢を報いてやりたい。

ただしその場合も、瑞帆の運命は第二の選択肢と同じである。彼女の恐ろしい犯罪は、白日の下にさらされ、家族を苦しめることになる。慎也とは離婚することになるだろう。もう二度と、美空とも会えなくなる。そう思うと絶望的な気持ちになった。

すやすやと眠っている娘の顔を見る。

自分の愚かさ故に起こった事態ではある。でも許されるならば、美空の母親でいたい。慎也の妻として、これまでのように暮らしていきたい。でも警察に自首すれば、確実に家庭は崩壊してしまう。

四つ目の選択肢は……自らの命を絶つというものである。

死んでしまえば、あの男の脅迫に屈したことにはならない。彼も事件のことを明らかにはしないと思う。自分がいなくなれば、彼が自首する意味もなくなるはずだからだ。家族にも事件のことを知られることはなく、苦悩を与えずに済む。全ては自らが起こしてしまった事態なのだ。自分が命を絶てば、全ては解決する。

でも、もちろん死にたくなどない。自殺すれば、家族はひどく悲しむのだろう。夫や娘とはもちろん離れたくないし、正直生きていたい。この方法は、出来れば避けたいと思う。

いずれにせよ、どの選択肢を選んだとしても、家族と別れるしかなかった。彼女の脳裏に、第五の選択肢が浮かび上がる。確かにその方法をとれば、現状の生活を維持できるかもしれない。上手《うま》くいけば、美空や慎也と離ればなれにならずに済む可能性があった。

それは……。

彼の存在を抹消するということである。

あの男を殺して、彼が持っている証拠を処分してしまえば、二年前の犯罪は闇に葬られる。そうすれば、今まで通り家族と暮らすことが出来るのだ。

でも、本当にそんなことは実現可能なのだろうか。隆の時は衝動的だったからあんなことができた。もし郷田を殺害するとしたら、綿密に計画を立てて行わなければならない。果たして、自分一人でそんなことが出来るのだろうか。それに、首尾よく殺害できたとしても、絶対に犯行が見つからないようにしなければ……。

そこでふと、瑞帆は我に返る。

自らの想像に、身の毛がよだつ思いがした。

いつの間にか自分は、恐ろしい人間に変わり果ててしまったのだ。平気で人殺しを考えるような……。まさかまた、人を殺そうと思うとは考えてもいなかった。

とにかく、彼を殺害することは現実的ではないのかもしれない。脳裏に浮かび上がっていた恐ろしい仮定を、慌ててかき消した。

結局、事態を打開するような名案は浮かび上がってこなかった。気がつくと、窓の外は暗くなり始めている。夕暮れが迫っていた。

瑞帆は力なく立ち上がる。

ぐっすりと眠っている娘の身体を、ベビーベッドに横たえた。

瑞帆という女性は、本当に魅力的な女性である。

彼女の観察を続けていて、そのことを実感している。

ここで一言申し添えておきたいのは、今回の考察は飽くまでも私の個人的研究にすぎないということである。大学や研究施設などでの、通り一遍の研究では不可能であることに鑑《かんが》み、このような手段をとっている。私はこの研究に、人生をかけて取り組んでいるのだ。

津坂瑞帆という女性に出会えて本当によかった。恐るべき悪運に耐え忍ぶ瑞帆。その姿は悲哀に満ちあふれ、この上なく儚《はかな》げで美しい。私は彼女に出会ってから、その負の魅力に抗《あらが》えないでいる。

私の研究におけるサンプルとしては、うってつけの女性である。今後、彼女以上の存在は現れないのではないかと思う。

瑞帆は不幸の連鎖を断ち切れないでいる。

人間は、一度負のスパイラルに陥ると、なかなかそこから脱出することはできない。

不幸は連鎖する――

悪いことがいくつも重なると、時として人は、呪いやたたりのような、何か見えざる力が働いているのではないかと思うことがある。だが不幸が続くのは、決して、そういった超自然現象などではない。条理に則した、合理的な理由があるからだ。

一体なぜ、不幸は連鎖するのか？

はじまりは些細《ささい》なことだ。仕事が上手くいかない。成績が落ちた。寝不足である。人間関係に悩んでいる……。人はそんな日常のストレスが発端で、周囲にネガティブな態度を取ることがある。

そういった怒りのストレスを受けると、相手はどういう対応をするのだろうか？聖人のような優しさと思いやりで、癒《い》やしてくれるような人もいるかもしれない。だが、ほとんどの人間は怒ったり、泣いたり、挙げ句の果てには、関係を絶つなどのネガティブな行動を取る。

プレッシャーを与えて相手を制しようとするのは、人間の本能に組み込まれている基本的な行動なのだ。赤ん坊が不機嫌になると、大きな泣き声を上げて母親に訴えかけるのが、その最たる例である。

この繰り返しが、次なる不幸を呼び寄せるのだ。整理すると、以下のようになる。

まず最初の不幸が起こり、ストレスが生まれる→ストレスを感じた人間が、相手（両親・恋人・友人など）にネガティブな態度を取る→それを受けた側は、「叱る」「怒る」「泣く」などのネガティブな方法で相手を制御しようとする→それに反抗して、さらなるネガティブな態度を取る→人間関係が崩れ、また新たなストレスが生まれる……

このように、最初のきっかけとなった不幸から別の不幸が生まれ、それがウイルスのように増殖して、負のスパイラルとなっていくのだ。まるで無間地獄のように……。

そうなれば、そこから逃れるのは至難の業であると言えよう。

瑞帆の場合も、中学時代の「父の死」と「母の再婚」が不幸の始まりだった。思春期の反抗心から、担任教師である倉島隆と交際し始めた彼女。そこから、恐ろしい不幸のスパイラルに巻き込まれていったのは、既読の通りだ。

第三章

一

夏が終わり、秋になった。

毎日暑い日が続いている。もう九月も半ばを過ぎようとしているのに。

お盆には、慎也の実家がある富山に、美空を連れて帰省した。彼女が生まれてから初めての遠出である。実家に着くと、慎也の両親はとても喜んでくれた。孫娘の顔を、目を細めてずっと眺めている。夫の兄弟や親戚《しんせき》らも、瑞帆や美空のことを手厚く歓迎してくれた。そんな彼らの姿を見ていると、申し訳ないような気持ちになる。決して彼らには言えない、自分が置かれている状況が頭をよぎるからだ。

八月の終わりごろには、瑞帆の母が静岡からやってきた。ベビー服やおむつ、おもちゃなどを大量に抱えてきてくれた。母が千葉のマンションに来たのは、美空が生まれた時以来である。あの時も、この部屋に泊まり込んでもらい、いろいろと助けてもらった。

「また大きくなったねえ。お目々もぱっちりして。ママにちょっと似てきたね」

久しぶりの孫娘との再会に、母も嬉《うれ》しそうだ。

「元気そうでよかった、よかった……。瑞帆は？　あんたは大丈夫？」

「え？　大丈夫って何が」

郷田のことが頭に浮かんだ。思わず動揺する。

「身体の方。もう仕事に出てるんでしょ」

「あ……うん。全然平気だよ」

「ちゃんとご飯食べてる？」

「食べてるよ。どうして？」

「顔色、あんまりよくないから」

「そう……」

「もうあなた一人の身体じゃないんだから。困ったことがあったら相談して」

「うん。ありがと」

二日ほど泊まって、母は静岡に帰っていった。彼女の言葉が胸にしみる。

――もうあなた一人の身体じゃない――

確かにそうである。自分たちは多くの人間に愛され、支えられて生きている。子供ができて、そのことを痛感した。それなのに自分は今、自らの愚かな行いから、収拾不可能な事態に陥っている。決して、周りの人たちを悲しませたくはない。でも未《いま》だ、その事態を解決する糸口すらも、見出《みいだ》すことが出来ていない状況である。相談できる人も誰もいない。夫にも……。母にも……。

郷田と話したあの日から、三ヶ月ほどが経過している。

あれから幾度となく、彼からメールが来た。その内容は「食事しよう」とか「マンションに来て欲しい」というものばかりである。中にはこんなメールもあった。

僕は今まで神の存在など信じてはいなかった
でも今は信じている
なぜなら……〝君〟という運命の女性と出会えたからだ
まさしくそれは、神による奇跡にほかならない

believer

生きるということはなんと素晴らしいことなのだろう
そのことを僕は痛感している
君とのこれからの暮らしを想像すると……
一緒に前に進んでいこうよ
これからの人生

believer

虫唾《むしず》が走った。

あの男は、自分の欲求が受け入れられないことなど、一切考えていないようだ。確か

にそうなのだ。瑞帆が彼を拒否するということは、それは彼女自身の破滅を意味している。だから余裕で、このような気味悪いポエムのようなメールを送ってくるのだろう。

あれから、彼には一度も返信していない。

取りあえずは無視することに決めた。彼がどんな反応を示すか不安ではある。だが、もしかすると諦《あきら》めてくれるかもしれないという淡い期待もあった。

出勤の時や、外出する時も周囲に注意深く目を配るようにした。郷田は何年もの間、ずっと自分を尾行していたという。また後をつけられているかもしれない。そう思うと気が気でなかったのだ。でもあの欅《けやき》並木で会ってからは、一度も彼の姿を目にしていない。見つからないように、注意深く隠れているのだろうか。それとも、もう尾行はやめたのか。

そうなのかもしれない。彼にはもう、後をつける理由はないのだ。瑞帆は絶対に、申し出を拒否できないと思っている。彼女を手に入れたも同然だと……。だからもう、尾行する必要はないのだ。

一体これから自分はどうなるのか。この先、彼はどんな行動を取るのだろうか。そして自分はどうすればいいのか。そのことを考える度に憂鬱《ゆううつ》になる。もう何日も、眠ることが出来ない日々が続いている。身も心もぼろぼろだった。

ある日の夕食のことだ。

目の前で夫は、瑞帆が作った魚の煮付けを食べているが、彼女はほとんど箸《はし》を付けていない。ここ最近、満足に食事していない。あの男のことを考えると、何も喉《のど》を通らなかった。

慎也が箸を止める。瑞帆に向かって言う。

「食べないの？」

「うん、ちょっと食欲なくて……」

心配そうに慎也がじっと見ている。

「今日は忙しくて、お昼が遅かったから。それに、ちょっと夏バテ気味かもね。まだ毎日暑いしね」

「そうか……」

なんとか誤魔化した。

慎也は再び、箸で魚をつつきながら、旨《うま》そうに食べ始める。その様子を見ていると、妙に切なくなった。視線を感じて、夫は顔を上げた。

「どうした？」

「ううん。何でもない」

そう言うと、慌てて茶碗《ちゃわん》を手に取る。わずかばかりのご飯を口に運ぶと、ふと慎也に訊《き》いた。

「そう言えばこの前……何か言いかけたよね。ほら、洗い物してくれた後に」

慎也はきょとんとした顔で瑞帆を見る。

「え、何だっけ。そんなことあった？」

覚えてないのも無理はなかった。確かにそれは、もう何ヶ月も前のことだ。

「ううん。何でもない。ごめん」

そう言うと瑞帆は力なく笑った。

それから数日後のことである。

仕事が終わり、美空を引き取り、部屋に戻ってきた。娘に夕飯を食べさせ、寝かしつける。今日の娘の夕食は、軟らかく煮た鶏肉《とりにく》のうどんである。キッチンに入り、夫のための夜食を作り始めた。今夜、慎也は仕事で遅くなり、帰宅は深夜になるという。

夜食のドリアとスープを作ると、ダイニングチェアに座り込んだ。相変わらず自分は何も食べる気がしない。

その時、スマートフォンが振動する。メールを受信した。キッチンカウンターの上のスマホを手に取ってため息をついた。またあの男からのショートメールである。

どうして返事をくれないのですか……

君に会いたい

君の顔を見たい

君のことを思うと僕は気が狂いそうだ

——僕をこんなに苛《さいな》んで、何が楽しいというのですか？——

唇を噛《か》みしめた。忌まわしいものを見る目で、瑞帆はスマホの画面を眺める。

するとすぐにまた、メールを受信する。

——いつ僕の部屋に来てくれるのでしょうか？
僕はいつでも大丈夫です
日程が分かれば教えて下さい
最高の食事を用意して待っていますよ
あなたの好みは全部知っていますから——

スマホをテーブルの上に置く。

ついに相手は、具体的な日時を出すようにせまってきた。もうこれ以上、無視し続けるわけにもいかない。何らかの返信をしなければならない。

しかし、一体どういう答えを返せばいいのだろう。皆目見当が付かない。決して、あの男の思い通りにはなりたくない。でも申し出を断れば、彼はどういう行動に出るか予想できない。

もはや、どうしたらいいのか分からなかった。精神状態は限界に来ている。

おもむろに立ち上がった。自然と足はキッチンの方へと向かってゆく。この状況を打破するには、方法は一つしか残されていなかった。全ては自分が蒔《ま》いた種なのだ。決着をつけるためには、もうこうするしかない。

シンクの前に立つ。洗い桶《おけ》のなかに手を伸ばした。震える手で、水滴が光っている包丁を手に取る。鉛色に光る刃をじっと見つめた。

美空のことを思えば忍びなかった。でも、これ以上考えても無駄だった。包丁を握りしめた右手を、ゆっくりと左手の方に動かした。目を閉じて瑞帆は思った。

ごめんなさい美空。ごめんなさい慎也。ごめんなさいお母さん。ごめんなさい。ごめんなさい……。

意を決して、包丁の刃先を左の手首にあてがう。

すんでの所で手を止めた。なかなか決心がつかない。自分が情けなくなる。あの男に敗北したかのような気分だ。

包丁を手に躊躇《ちゆうちよ》する。忌々《いまいま》しい思いで頭がおかしくなりそうだ。何を戸惑っているのか。あんな男に支配されるのなら、死んだ方がましではないか。そう自分に言い聞かせる。勇気を振り絞り、包丁を手首に近づけた。

ダイニングテーブルに置いたスマホが、ぶるぶると震えだした。

思わず瑞帆は手を止める。バイブレーションは続いている。メールではない、誰かからの電話を着信しているのだ。

郷田からなのか。あの男はメールだけでは満足できず、電話をかけてきたのだろうか。

包丁をシンクにおいて、ダイニングに向かう。あわててスマホを手に取る。画面には知らない番号が表示されている。電話をかけてきたのは郷田ではないようだ。

一体誰だろう？

スマホを手に困惑する。電話に出るべきかどうか躊躇した。着信はずっと続いている。恐る恐る、瑞帆は通話のボタンを押した。

「もしもし」

〈もしもし……木村瑞帆さんでしょうか〉

女性の声である。

「はい……そうですが」

〈あの……突然にすみません。私は武藤《むとう》という者ですが、ちょっと木村さんにお伺いしたいことがあってお電話しました〉

暗く沈んだ声である。セールスや営業の類《たぐい》ではなさそうだ。

「……どんなご用件ですか」

〈それが……ちょっと電話では話しづらいことなので、一度お時間を頂き、お会いしてお話しできればと〉

武藤という女性、努めて標準語を話そうとしているが、言葉の端々に静岡のなまりがあった。どうやら瑞帆と同郷らしい。

「すみません。私はあなたが誰か知りませんし、内容が分からないので、それはちょっと……」

〈確かにそうですね。これは失礼しました。大変ぶしつけで申し訳ございません。……でも、もう私が頼れるのは、木村さんしかいなくて……。どうしてもあなたの力をお借りしたいことがありまして〉

女性は何やら、思いつめたような声である。

「力を借りたい……一体なんでしょうか」

〈実は私は人を捜しているんです。それで、木村さんにいくつかお聞きしたいことがあり、ご連絡させて頂きました〉

「人を捜している？」

瑞帆は固唾《かたず》を呑《の》んで、武藤の声に耳を傾ける。

〈ええ……捜しているのは倉島隆という男性です。もしかしたら木村さん、何かご存じではないかと思いまして……〉

二

背後で電車のドアが閉まった。降車する乗客に交じり、ホームを歩いてゆく。

午後四時——

瑞帆は、職場の最寄り駅から十五分ほど離れたターミナル駅に着いた。夕方とあって、大勢の利用者が行き交っている。

駅ビルを出て少し歩くと、目的の建物が見えてきた。カジュアルな装いのシティーホテル。ロビーに入ると、外国人旅行者などの多くの宿泊客の姿がある。フロントの前を横切り、奥のラウンジにたどり着いた。幸いラウンジはさほど混み合っていない。瑞帆は何度か、このラウンジを仕事で利用したことがある。男性スタッフに案内されて窓際の席に座る。

武藤と名乗る女性から電話があって、三日が経過した。

その日瑞帆は仕事を早退して、このラウンジで彼女と落ち合うことにした。武藤は「倉島隆」を捜しているという。それ以上のことは、電話では詳しくは教えてくれなかった。気が気ではなかった。一体なぜ彼女は、隆を捜しているのか。彼とはどんな関係なのか。

不安な面持ちで、武藤を待つ。

心がざわついている。落ち着け落ち着け。

運ばれてきたばかりのアイスティーに、口をつけようとした時——

「木村瑞帆さん……ですね」

見上げると、一人の女性が立っていた。

紺のワンピース姿の、薄化粧の女性である。前髪を切りそろえているので幼く見えるが、年齢は二十代後半くらいなのだろう。緊張しているのか、表情は強《こわ》ばっている。

思わず、瑞帆は立ち上がった。

「はい、そうです」

「初めまして。武藤です。ありがとうございます。お時間作っていただきまして」

硬い表情のまま、彼女は小さく頭を下げる。瑞帆はぎこちない笑顔で答える。

「いえ、もう仕事は終わりましたから。大丈夫です。さあ、どうぞ」

瑞帆に促され、彼女が席に着いた。飲み物を注文し、少し話をする。

彼女の名前は武藤直美《なおみ》。年齢は瑞帆の四つ下の二十八歳。静岡の病院に、看護師として勤めているという。

「じゃあ、今日は静岡から？」

「ええ……」

伏し目がちに直美が頷《うなず》く。

彼女が注文したコーヒーが届けられた。男性スタッフが丁寧にお辞儀して去ると、直美が先に口を開いた。

「今日は本当にすみません。あ、お時間の方は大丈夫ですか」

「はい……一時間くらいなら。子供を迎えに行かなければならないので」

すると、彼女は少し驚いたような顔をして言う。

「ご結婚されているんですか」

「はい」

「じゃあ、お子さんは？」

「ええ……もうすぐ一歳になります」

「そうなんですか……」

直美が目を伏せて考え込んだ。瑞帆は彼女に言う。

「それでご用件というのは？」

平静を装って声をかけた。内心では動揺していたのだが、なるべく感情を悟られたくなかった。

「倉島隆さん……ご存じですよね」

「ええ」

隆の名前を聞いて緊張が走った。彼女は自分と隆の関係をどこまで知っているのだろうか。心を落ち着かせて、瑞帆は答える。

「倉島先生は、高校の時の担任です。どうしてあなたは倉島先生のことを……」

「正直に答えてもらいたいんですけど……」

射貫《いぬ》くような目で、彼女は瑞帆を見る。

「結婚したっていうのは、隆とですか？」

「え……」

思わず瑞帆は口を閉ざした。彼女は何か勘違いしているようだ。

「何を言ってるんですか。どうして私が倉島先生と？　私の夫は全然違う人ですよ。WEB関係の会社に勤務しています」

「本当ですか？」

「夫の名字は津坂です。結婚して私の名前も、津坂瑞帆に変わりました」

彼女はまだ、訝《いぶか》しげな目で見ている。何か証明した方がいいのだろう。バッグから免許証を取り出すと、直美に差し出す。

「どうぞ」

彼女は免許証を手に取って見る。瑞帆の現在の名字を確認すると、強ばっていた直美の表情がわずかに緩んだ。

「本当ですね。疑ってすみませんでした」

そう言うと直美は、小さく頭を下げた。

「いえ……。でもどうして、あなたは倉島先生を捜しているんですか」

「隆が失踪《しっそう》したのは、ご存じですか？」

「失踪ですか……いえ」

もちろん、とぼけるしかなかった。瑞帆は言葉を続ける。

「知りませんでした。高校時代の友達とはあまり付き合いもないので……。でも倉島先生がどうして」

「さあ、分かりません。突然姿を消したんで。二年ほど前です。誰も連絡が取れなくなって」

「それで、どうして私のところに？」

「木村さん……あ、津坂さんと一緒にいると思ったんです。千葉で、あなたと暮らしているんじゃないかって……。だからここまで来たのに」

そう言うと、直美は小さくため息をつく。少し間をおいて、瑞帆は彼女に訊《き》く。

「武藤さんと倉島先生は、どんな関係なんですか」

「隆は私の恋人です。結婚しようって言われてました」

隆の恋人……。

その言葉を聞いて啞然《あぜん》とする。しかし、本心を悟られぬよう、表情を変えずに彼女の話を聞く。

「でも、突然連絡がつかなくなってしまって……。携帯に電話しても出ないし、メールしても返信がないし……。心配になって部屋に行っても、何日も帰ってないみたいで」

隆が姿を消した理由は、瑞帆が一番よく知っていた。でも、そのことは口が裂けても言えない。

「こんなことは初めてでした。隆と付き合い始めてからもう十年以上になりますが、連絡が取れなくなるなんて、一切ありませんでした」

「十年以上？」

「ええ……隆と交際を始めたのは、私がまだ高校生の時でした。彼は私の担任だったたんです」

どこかで聞いた話である。やはり彼女も瑞帆と同じだった。隆の毒牙《どくが》にかかった、被害者の一人だったのだ。

「高校生のころ、私はクラスで浮いた存在でした。友達も少なく、話し相手もあまりいなかった私の悩みを、彼は真摯《しんし》に受け止めてくれました。そしていつの間にか、恋人同士のような関係になったんです」

彼女とは四つ離れているので、直美が高校に入ったのは、瑞帆が卒業したあとである。でも瑞帆は高校を出てからも、しばらくは隆と交際を続け、同棲《どうせい》までしていた。ということは、そのころ隆は、二人と同時に関係していたことになる。やはり、隆が複数の生徒に手を出していたという噂は事実だったのだ。きっと自分や彼女だけではないのだろう。改めて、彼はどうしようもない男だと分かった。

「じゃあ、卒業してからも倉島先生と？」

「ええ……ずっと彼は私を愛してくれました。私には隆しかいなかったんです。……だから行方が分からなくなって、途方に暮れました」

視線を落としたまま、直美が言う。

「一体何があったんだろうって……。心当たりは一切ありませんでした。何か私にも言えない理由があったのか……。それとも、私のことが嫌になったんだろうかって……。必死で、彼のことを忘れようとしました。でも結局は忘れられなかったんです。私にとって隆は全てでした。男性は、彼しか知りません。彼のいない人生は、考えられない……」

切々と語り続ける直美。その目にはわずかに涙がにじんでいる。

「だから、どうしても彼に会いたいと思ったんです。それで、彼の仕事先に電話しました。でも、退職したって言われました。隆の実家にも電話しました。突然、職場に来なくなったって。丁度私と連絡が取れなくなったころです。隆の実家にも電話しました。彼は故郷の長野に母親がいるんですが、母親も、連絡が取れなくなったというんです。逆に何か知っていたら教えてほしいって。彼の母親は、心配になって警察に捜索願を出したそうです」

「警察に……」

思わず瑞帆は口を開いた。直美は言葉を続ける。

「でも未《いま》だ、警察からも連絡はないらしくて……。年間沢山の行方不明者がいるということなので、警察も親身になって捜してくれないというんです。だから、手がかりは全然なくて……」

そう言うと直美は黙り込んだ。カップを手に取り、コーヒーを口に含む。

彼女が飲むのを待って、瑞帆は質問を投げかけた。

「それで、どうして私のところに？」

「あなたの名前、隆から一度聞いたことがあるんです。酔っている時に彼が言ったんです。瑞帆っていう女性と交際していたことがあるって」

「私が先生と……まさか」

仕方なく嘯《うそぶ》いた。彼女はさらに言う。

「本当です。絶対にあの女、許せないって。魔性の女だって……。瑞帆っていう女に誑《たぶら》かされて、人生が滅茶苦茶《めちゃ》になったって。学校を辞めさせられたのも、彼女の所為《せい》だって」

直美の話を聞いて、怒りがこみ上げてくる。

滅茶苦茶にされたのは、こっちの方である。少なくとも、彼が学校をクビになったのは、自分の所為ではない。でも、ここで感情的になるのは得策ではない。なんとか気持ちを押し殺して、彼女に言う。

「武藤さん。それは何かの間違いだと思いますよ。私は倉島先生と交際していた覚えはありません。誰かと間違えてるんじゃないでしょうか」

「間違えてなんかいません。彼は言ったんです。瑞帆という女は、幸の薄い感じで男を引き寄せる。そんな女に取り込まれたら、男は終わりだって……」

直美は続けて言う。

「本当のことを言ってください。私、あなたのクラスメートに会って聞いたんです。あなたは高校時代、隆と交際していたって。有名だったそうですよ、あなたと隆の関係……。あなたの連絡先も、そのクラスメートから辿《たど》って調べました。正直に言ってください。隆と付き合っていたって」

挑むような目で、彼女は視線を向ける。

瑞帆はたじろいだ。これ以上、言い逃れは出来そうにない。

「分かりました。正直に言います。高校生のころ、倉島先生と交際していました。でもそれは在学中だけです。卒業してからは一切彼と会っていません。それは本当です」

「やっぱり、あなたは嘘をついていたんですね。隆と交際していた覚えはないって」

「武藤さんを傷つけたくないと思ったからです。それに、私が倉島先生を誑かした覚えはありません。誘ったのは先生の方からです。彼が学校を辞めたことも、関係ありません。倉島先生が退職したのは、私が卒業してからのことでしょう。少し考えると、私が原因であるはずはないことは分かると思いますよ」

話していると、感情が昂《たか》ぶってきた。なんとか気持ちを抑えて言う。

「だから、私と倉島先生が交際していたのは、ずいぶん昔のことなんです。私はもう結婚して、子供もいます。あなたがどう思ってここに来たのかは知りませんが、倉島先生とは関係ないんです」

瑞帆がそう言うと、直美はわずかに視線を逸《そ》らした。少し考えて、彼女は口を開く。

「確かにそうですね……。ごめんなさい。隆の行方が分からなくなった時、私は直感的に、あなたが関係してるんじゃないかって思ったんです。もしかしたら、隆はまたあなたに誘惑されて、一緒にいるんじゃないかって……。でも、それは私の勘違いだったようです。疑ったりして、申し訳ございませんでした」

直美は小さく頭を下げた。瑞帆は彼女に言う。

「分かってもらえたらいいんです。……私はずっと、倉島先生と交際していた時のことを、記憶の奥底に封じ込めていました。二度と思い出したくはないんです。あの頃の私はどうかしていたんです。後でクラスメートたちから、倉島先生が複数の女子生徒と付き合っていたという事実を聞かされました。その時私は、深く傷つきました。彼はろくでもない最低の男だったんです」

瑞帆は身を乗り出した。語気を強める。

「だから武藤さんも、早く忘れた方がいいと思います。あんな男のことを思い続けていたら、あなたの人生は滅茶苦茶になると思います。一刻も早く彼のことなんか忘れて、新しい人生を……」

「あなたにそんなこと、言われたくありません」

そう言うと直美は、瑞帆の方をじっと見た。その目には涙があふれている。

「あなたに何が分かると言うんですか。彼はそんな人間ではありません。そのことは私が一番よく知っています」

彼女の両目から、涙がこぼれ落ちた。構わず、直美は言葉を続ける。

「それに、たとえ隆がどんな男だったとしても、私は彼のことを嫌いにはなりません。あなたとは違うんです……。私は彼を愛しています。彼がいない人生は、何の意味もありません。きっと津坂さんには分からないでしょうけど」

そう言うと直美は、ハンドバッグからハンカチを取り出した。涙で濡《ぬ》れた目を拭《ぬぐ》っている。彼女が落ち着くのを待って、瑞帆は言う。

「そうですか……ごめんなさい。倉島先生のこと悪く言ったりして。でも、私は本当にそう思っているんです。武藤さんには申し訳ないんですけど」

「いえ……私の方こそ、すみません。折角私のために時間作ってもらったのに……」

「お力になれなくて、本当にごめんなさい」

瑞帆がそう言うと、直美の表情が初めて和らいだ。

「実は私、ちょっとほっとしているんです」

「どういうことですか？」

「ここに来るまで、隆はあなたと暮らしているのかもしれないと思っていたんです。もしそうだとしたら、どうしようかって……。彼の心が、私から離れたのかもしれない。そう思うと、心が張り裂けそうになって……」

彼女は語り続ける。

「でも津坂さんの話を聞いて安心しました。彼とあなたは一緒じゃないということが分かりましたので……。きっと隆は、どこかにいるということですよね。だから諦《あきら》めず、捜し続けようと思っています。彼がどこで何をしているか、はっきりするまでは……。たとえそれが、どんな結末だったとしても」

三

それから武藤直美と別れ、ホテルのラウンジを後にする。

建物を出ると、外はもう暗くなっていた。慌てて駅に向かう。美空の引き取りはぎりぎりの時間になってしまいそうだ。

直美には、多くの嘘をついてしまった。自己嫌悪に陥る。だが仕方がなかった。本当のことを話すわけにはいかない。隆の捜索をやめてもらいたかったので、彼のことを忘れるように必死に説得もした。でも、聞き入れてくれなかった。

彼女は、しきりに隆のことを愛していると言う。

どうして、あんなどうしようもない男を愛せるのだろうか。全く理解できない。一刻も早く、彼の本性に気がついて欲しい。隆がどんな人間かということが分かれば、もう彼の行方など捜す必要はない。それが彼女のためなのだ。そして瑞帆自身も救われる。

隆は直美と、在学中から関係を持っていたという。その時期は、自分が彼と同棲《どうせい》していたころだ。彼は二人を欺いていた。それに二年前のあの時も、彼は直美という女性がいながら、自分を追って千葉までやってきたのである。その事実を知れば、彼女の目は覚めるかもしれない。でも、そのことは絶対に直美には言えない。瑞帆は歯痒《はがゆ》く思う。

あの男はろくでもない人間なのだ。教師という立場を利用して、複数の若い女生徒を誑かした男である。さらには女を食い物にして、逃げ出したら執拗《しつよう》に追い回す。まるで蛇みたいに……。彼に一度関わると、関係を断ち切ることは絶対に不可能。だから私は……。

そこでふと、瑞帆は我に返った。

直美の姿は、過去の自分なのだ……。

そのことに気がつき、愕然《がくぜん》とする。

瑞帆も隆と交際している間は、「愛している」と信じて疑わなかった。でもある日、彼のそれは「愛」ではなく「支配」だと気がつき、隆から逃げ出そうとした。そのことに気がつくまでは、自分も幸せだった。もしかしたら、彼の「支配」に気がつかなければ、自分も直美のように彼のことを「愛し続けて」いられたのだろうか。あんなろくでもない男でも、好きでいられたのだろうか。よく分からない。でもそうすれば……少なくとも、彼を殺すことにはならなかった……。

愛とは一体何なのだろう……。

頭が混乱してきた。

それから美空を引き取り、自宅のマンションに戻ってきた。部屋に入っても、瑞帆の心は落ち着かない。慎也が帰宅して、夕飯を食べているときも、内心は穏やかではなかった。もちろん、彼の前では何事もなかったかのように振る舞っていたが。

深夜、夫が眠ると、また寝室を抜け出した。ダイニングチェアに座り考え込む。今日の話に、武藤直美は納得してくれただろうか。自分の嘘が見抜かれていないかどうか心配である。彼女は懸命に、隆を捜し出そうとしている。彼女がこのまま捜索を続けたら、もしかしたら真実にたどりついてしまうかもしれない。瑞帆が隆を殺害したという真実に……。

そうなったら、もう終わりである。彼女は警察に駆け込み、自分は逮捕されてしまうだろう。直美が、真実にたどり着くかどうかは分からない。でもその可能性は十二分に考えられる。覚悟しておいた方がいいのかもしれない。

そう言えば、あれから郷田からのメールは届いていない。瑞帆も返事を送っていなかった。最後のメールでは、彼は部屋を訪れる日程を促してきた。もちろん応じるつもりはない。このまま無視し続けると、彼はどんな行動に出るのか予想がつかない。でも今はどうしていいか分からなかった。

郷田も歪《ゆが》んだ愛を強要してくる。彼も隆と同じように、執拗に付きまとい支配しようとする。どうして自分はこんな男たちばかりに好かれるのだろうか。

そういえば先程、直美はこんなことを言っていた。「瑞帆という女は、幸の薄い感じで男を引き寄せる」と隆が話していたと。その言葉を聞いたときははっとした。もちろん、男を引き寄せているつもりなどない。だが、隆や郷田のようなろくでもない男ばかりが近づいてくる現実を考えると、自分にも原因があるのではないかと思ってしまう。

郷田は、気味悪い恋情を滔々《とうとう》と訴えかけてくる。もちろん彼への思いは微塵《みじん》もない。もし自分に夫がいなくても、郷田と恋愛関係に陥ることなどあり得るはずもない。あんな男に抱かれるくらいなら、舌を嚙《か》んで死んだ方がましだとさえ思う。

しかしあの男は狡猾《こうかつ》である。恐ろしく頭がよい。まるでゲームのように行動し、追い詰めてくる。このままでは、彼の申し出に従うしかないのだろう。その状況から逃れるためには、警察に自首するか、彼を殺すしかない。

やはり警察に行って、全てを話すべきなのだろうか。

もし自分が小説の主人公だとしたら、その物語の読者の多くは、きっとそう思うに違いない。隆を殺した時にすぐに、自首するべきだったのだ。そして、きちんと罪を償っておけば、このように苦しむことはなかったのだ。

でも、今は警察に行く勇気がない。自首するということは、家庭が崩壊することを意味している。娘と別れたくない。家族を失いたくない。そんな自分が不甲斐《ふがい》ないと思う。慎也や美空に、本当に申し訳ないと思う。自分の母親にも……。やはりもう、死ぬしかないのだろうか。

直美の言葉がまた頭をよぎる。隆の郷里の母親が、息子と連絡が取れないことを案じていると……。

その時は平静を装って聞いていたのだが、内心は居たたまれない思いだった。あんな男だったが、隆も人の子である。彼の母親の気持ちになれば、自分が犯した罪の大きさを思い知らされる。瑞帆も子供を産み、母となった。今は隆の母親の心情が、痛いほどよく分かる。申し訳ないという思いで、胸が締め付けられる。

いろんな人たちの感情が絡み合い、事態は混沌《こんとん》としてきた。最初は、隆の自分に対する「愛」という名の支配から始まった。そして瑞帆の犯罪を隠してまで得ようとする郷田の狡猾で歪んだ愛情。さらには、隆に対する武藤直美の盲目的な愛——

果たして自分は、自らの大切な愛を守り通すことが出来るのだろうか。そのためには、一体どうすればいいのか。警察に行くべきなのか。それとも、自ら命を絶つべきなのか。それとも、あの男を殺すべきなのか……。

いずれにしても、未来には破滅しか待ち受けていないような気がする。


それから数日後のことだ。

オフィスで勤務していると、スマートフォンに着信があった。画面を見ると、武藤直美からである。職場にいるので、出るわけにいかない。しばらくそのままにしておくと、着信はやがて途切れた。

一体何の用なのだろう。気になって仕方ない。

休憩時間になるのを待って、席を離れた。商業施設のビルを出て少し歩くと、小さな公園があった。空いているベンチを見つけ腰掛ける。スマホを取り出し、不在着信となっている直美の番号を押す。

緊張したまま、スマホを耳にあてがった。呼び出し音が途切れると、受話口から直美の声が聞こえてくる。

〈もしもし〉

「もしもし、武藤さんですか。先ほどはごめんなさい、お電話いただいて。仕事中だったんで出られなくて」

〈こちらこそ、すみません。お仕事中に電話してしまって……ありがとうございます、折り返しいただいて。今は大丈夫ですか？　少しお話ししても〉

「ええ、もちろん大丈夫です」

〈この前は本当にありがとうございました。私のためにわざわざ時間を作ってもらって〉

「いえ、私の方こそ、あまりお力になれなくて……。それで今日は？」

〈はい。瑞帆さんにお礼を言おうと思って電話したんです。この前、あなたからお話を伺って、私なりにいくつか分かったことがあったので〉

「分かったことですか？」

〈はい……〉

そう言うと彼女は一旦《いったん》、言葉を切った。少し間を置いて直美は言う。

〈まず瑞帆さん……あなたは私に嘘をつきましたね〉

思わず瑞帆は口籠《くちご》もる。慌てて言葉を返す。

「嘘ですか……嘘なんかついてませんけど」

〈まずあなたは、隆と交際していたのは、高校生の時だけだったと言いましたよね。卒業してからは隆とは会っていないって。もう彼のことは二度と思い出したくないって……〉

「ええ、その通りですけど」

〈だったらどうして、私と会ったんですか？〉

「え……」

〈私はあなたが会ってくれるとは思っていなかったんです。私たちは初対面でしたよね。でも隆の名前を出した途端、あなたは時間を作ってくれた。さっきの話と矛盾していませんか。瑞帆さんはもう、隆のことを思い出したくはなかったはずですよね。でもどうして、彼の名前を出した途端、私と会おうと思ったんですか？〉

「何を言ってるんですか？　あなたが『力を借りたい』と言うから応じただけです」

〈本当ですか？　私には信じられません。あなたが隆とのことを、触れられたくない過去だと思っているのなら、そうはならないと思うんですけど。結婚して子供もいるなら、なおさらですよね。それに、私はあなたにとって見ず知らずの他人です。普通ならそんな申し出断りませんか？〉

「あなたは何が言いたいんですか？」

苛立《いらだ》ちまじりの声で、瑞帆は問いかける。

すると、電話の向こうでくすくすと笑い出した。そして直美は言う。

〈ごめんなさい。私、全部知っていたんですよ。瑞帆さんと隆のこと。卒業してからも、二人の関係はずっと続いていましたよね。私あなたと同じクラスの人に聞いたんです。有名だったそうですよ。高校を出たあとも、瑞帆さんは隆とずっと付き合っていたって〉

「そんなの嘘です。卒業してからはもう彼とは……」

〈もういいですよ。白ばっくれるのはやめましょう。その話を聞いた時は、私なりにショックだったんですから。私はずっと二股《ふたまた》をかけられていたということですから……。だから、彼と連絡が取れなくなった時、あなたのところに隆がいるのかもしれないと思ったんです。でも、あなたに会ってみると、夫がいて、子供もいるという……。だから、それを聞いた時は、隆の失踪《しっそう》に、あなたは関係ないと思ったんですが……〉

そう言うと直美は口を閉ざした。瑞帆は息を呑《の》んで、彼女の言葉に耳を傾ける。

〈でも、やっぱりおかしいと思ったんです。どうして、あなたは私に会ってくれたんだろうって。思い出したくない恋愛のはずなのに。夫と子供もいる人が、どうして？〉

返す言葉がなかった。瑞帆はただ、スマホを握りしめていた。

〈あなたが私に会う理由はなんなのか？　もしかしたら、あなたにはやはり、何かやましいことがあったんじゃないですか。だから私に会って、私が何を探っているか知りたかった……。違いますか〉

「違います。いい加減なこと言わないでください」

全部彼女の言うとおりだった。でも瑞帆は否定し続けるしかない。構わず直美は話し続ける。

〈あなたに会ってから、私考えたんです。どうして瑞帆さんは私に嘘をついたのか。高校を卒業してからずっと、隆とは会っていないって……。それで、ふと思ったんです。もしかしたら、あなたは最近まで彼と会っていたんではないかって……。それを隠し通すために、あなたは嘘をついた……〉

「そんなことはありません。あなたがどう思うか知りませんが、私は嘘をついていません」

〈分かりました。もういいですよ。……でも、あなたの子供はもうすぐ一歳だって言いましたよね。隆が失踪したのは二年前です。私はこう思いました。もしかしたら、二年前に隆とあなたの間で、何かトラブルがあったのではないかと……。その後、あなたは結婚して子供を産んだ。だから、私は考えを改めたんです。あなたに夫と子供がいても、隆の失踪に関係していないという理由にはならないって〉

思わず瑞帆は声を荒らげた。

「あなたは何を言ってるんですか。そんなことあるはずないじゃないですか。憶測だけでいい加減なことを言うのはやめて下さい」

〈そうですよね。申し訳ございません。でもあなたに会って確信したんです。隆の失踪に、やっぱり瑞帆さんが関わっているのは間違いないということを……。そのことが分かっただけでも、あなたに会えて本当によかった。瑞帆さんの言うとおり、憶測だけで言うのは失礼なので、これからは証拠を集めたいと思っています。証拠が得られたら、場合によっては、警察に行くことがあるかもしれませんので、その時はまた、ご協力のほどよろしくお願いします。では、失礼します〉

丁寧にそう言うと、直美は電話を切った。通話が途切れる。

受話口からは何も聞こえなくなった。でも瑞帆はずっと、スマホを耳にあてがったまベンチに座っていた。

仕事が終わった。その日は普段通り、帰宅する。

部屋に着くと、ベビーカーの中で美空はぐっすり眠っていた。起こさないようにして、寝室のベビーベッドに寝かせると、キッチンに向かった。エコバッグから食材を取り出し、人参《にんじん》やジャガイモなどの野菜を洗い始める。洗い終えると、まな板の上に並べ、包丁を取り出した。野菜を切りながら考える。

今日の直美からの電話。それは、ある種の死刑宣告のようだった。

瑞帆の嘘は全部、彼女に見破られてしまったのである。自分はただ、苦しい言い逃れに終始するしかなかった。直美はどうしても、隆の行方を探り出したいようである。逮捕されるのは時間の問題なのだろう。彼女は電話を切る前に、こう言っていた。

〈これからは証拠を集めたいと思っています。証拠が得られたら、場合によっては、警察に行くことがあるかもしれませんので、その時はまた、ご協力のほどよろしくお願いします〉


覚悟しておいた方がいいのかもしれない。

二年前のあの日、隆を殺した時、瑞帆は思った。警察が来るまで、与えられた時間を享受しようと……。結局、郷田の工作で自らの犯罪は消し去られ、逮捕されることはなかった。あの夜の出来事は悪夢だと思い、瑞帆は新しい人生を歩むことにした。でも、やはりそう都合良くはいかないようだ。

タイムリミットは刻一刻と迫ってきている。幸福を享受する時間は、もうそろそろ終わりらしい。

瑞帆の脳裏に、美空の愛らしい顔が浮かび上がった。胸が締め付けられる……。絶望に苛《さいな》まれたまま、彼女は野菜を切り続ける。


翌朝、出勤のため、美空をベビーカーに乗せて家を出た。

保育園に向かう路上で、スマートフォンが短く震える。思わず立ち止まった。画面を見ると、郷田からのショートメールだった。

親愛なる木村瑞帆様
いかがお過ごしでしょうか
返事を待ちくたびれているbelieverです
先日僕の部屋にお誘いしたのですが　日にちは決まりましたか?
早く進み出しましょう
新たなる二人の未来に向かって

画面を見て、大きくため息をつく。

あの男はまだ、自分の思い通りになると信じている。でも彼はまだ知らない。もうすぐ、彼女の犯罪は直美によって暴かれてしまうかもしれないということを……。そうしたら、残念ながら、郷田の目的は達成されることはない。

そう考えると、途端に彼のことが哀れに思えてきた。瑞帆の犯罪が白日の下に晒《さら》されるということは、彼の偽装工作も明らかになるということだ。あの男も逮捕されるに違いない。

しかし、それは当然の報いなのである。彼は自分を脅迫し、我がものにしようとしたのだから。自らの犯罪が暴かれようとしている今、もはや彼に従う理由は何もない。警察に逮捕され、家族と離ればなれになるのは辛《つら》いことだ。だが卑劣な方法で、自分を苦しめてきた彼も罪に問われるならば、それは唯一の救いかもしれない。

そう思い、彼女はスマホをバッグに仕舞う。そしてベビーカーを押して、朝の道を歩き出した。

四

それから三日が経った。

瑞帆は不安に苛まれ続けていた。いつ警察から連絡が来るかもしれない。彼女は毎日のように怯《おび》えていた。二年前のあの時のように。

午後一時すぎ――

オフィスで仕事をしていると、窓口に客が訪れたという内線を受けた。瑞帆を訪ねてやって来たという。思わず身構えた。もしかしたら警察なのかもしれない。張り詰めた気持ちのまま、店舗側にある応接ブースに向かう。ガラス張りの壁際に、来客用のテーブルが並んでいる。何組か接客が行われている中、自分の来客が待つテーブルに進んでいった。

「お待たせしました……」

思わず立ち止まる。来客の姿を見て言葉を失った。その人物は瑞帆の姿を見ると、嬉《うれ》しそうに立ち上がった。

「木村さん、お久しぶりです。お元気でしたか」

そう言うと彼は三日月のような目で笑う。瑞帆の顔は蒼白《そうはく》となる。来客は郷田だった。

（こんな所に来ないで……）

思わず叫びだしそうになる。でも周囲には、ほかの社員や来客の姿があった。仕方なしに彼女は言う。

「郷田様。大変ご無沙汰《ぶさた》しております。どうぞおかけください……」

「ありがとう」

笑顔のまま、郷田が再びテーブルに着く。瑞帆も対面の椅子に座った。すぐに彼は言う。

「いやあ、あなたに紹介してもらったあのタワーマンション。とても快適ですよ。その節は本当にありがとうございました」

「それはよかったです。……それで、今日はどうされました？」

感情を押し殺して会話する。もちろん会いたくなどなかった。でもここでは、不動産会社の担当者を演じるしかない。すると彼はこう答える。

「新しい事業を始めようと思いまして。その事務所になる場所を探してるんです。木村さんだったら、いい物件を紹介してもらえると思って」

にこやかに彼は言う。まるで何か楽しんでいる雰囲気だ。

「そんなに広くなくていいんですけど、なるべく新しい建物がいいです。家賃は二十万円から三十万くらいかな。何かいい物件、ありますでしょうか？」

「分かりました……少しお待ちいただけますでしょうか」

仕方なくそう返事すると、瑞帆は立ち上がった。

不意を突かれた。まさか店にやってくるとは思わなかった。彼に対する怒りがこみ上げてくる。「物件を探している」ということを口実に、自分に会いに来たのは目に見えている。

オフィスに戻り、パソコンに向かう。一応、言われたとおりに物件を探すことにした。データベースにアクセスし、検索しながら考える。誰かほかの社員に、応対を替わってもらおうかとも思った。でも郷田は瑞帆の担当である。替わってもらう理由が思いつかない。正直に、上司に言おうかとも考えた。彼に「ストーカーされている」と訴えるのだ。でも今は事を大きくするべきではない。そんなことをすれば、彼がどんな行動をとるか分からない。

絶対に、瑞帆が応対せざるを得ない状況だった。そういったことも全て計算ずくで、彼はここにやってきたのだろう。相変わらず狡猾《こうかつ》な男だ。怒りに打ち震えるが、どうしようもなかった。

止むなく瑞帆は、データベースから幾つかの物件を見繕った。資料をプリントアウトして、彼が待つ応接ブースに戻る。感情を押し殺して言う。

「……お待たせしました」

テーブルに着くと、物件の資料を並べる。資料にはそれぞれの物件の、間取り図や賃料が記されている。郷田は興味深そうに資料を見ている。

「なるほど……いろいろといい物件がありますね」

瑞帆は物件の説明を始めた。機械のように、物件ごとの間取りや家賃などの情報を告げる。一通り説明が終わると、郷田はそのなかの一枚を手に取った。駅近くのテナントビルにある、家賃二十七万円の物件である。

「この物件はいいですね。築年数も古くないし、この広さにしては、賃料も安い方なのでは？」

「そうですね」

「今日内見できますか？」

「今日ですか？」

「ええ、ここに書いてありますよね」

そう言うと郷田は、手にしていた資料を指し示した。確かにそこには『即日内覧可能』と記されている。

「そうですね……大丈夫です」

「では、今これから見ることは出来ますか」

「はい……当社が管理している物件ですので」

「よかった……じゃあ早速」

「鍵《かぎ》を用意してきますので、少しお待ちください」

そう言うと瑞帆は立ち上がり、またオフィスへ戻る。

結局、内見することになった。

物件の鍵を持って、会社の車がある駐車場に案内する。郷田を後部座席に乗せて、駐車場を出た。

運転しながら、ちらりとバックミラーを見る。車に乗ってからは、郷田はずっと無言である。もちろん瑞帆も話しかけることはない。彼の目的は明白である。内見を口実に、話がしたいのだろう。メールをしても一向に返事が来ないので、業を煮やしてこのような行動に出たに違いない。

でも確かに、瑞帆もその方が都合が良かった。状況は大きく変わったのだ。もう彼の思い通りにはならないことを伝えた方がいい。この際だから、はっきりと言ってやろう。もう彼に従う必要はなくなったことを。こんな男の狂った愛など、受け入れるはずがないということを……。

車で五分ほど走ると、物件があるビルが見えてきた。国道沿いにある築十五年のテナントビルである。一階にはイタリアンレストランの看板が掲げられている。ビルのほとんどの部屋は、法人がオフィスとして使用しているので、人の出入りは多い。ここなら彼も、手荒な真似は出来ないはずだ。

ビルのすぐ脇にあるコインパーキングに駐車する。郷田を車から降ろし、ビルの方に案内する。一階のレストランの入口には、準備中の札が掲げられていた。ランチ営業は終わったばかりのようだ。店の前を通り過ぎて、その横にあるエントランスから建物の中に入った。エレベーターに乗り、三階に到着する。解錠して、部屋のドアを開ける。

デスクも何もない。がらんとしたオフィスのフロアー。

ブラインドが外された窓からは、午後の陽光が差し込んでいる。しばらく人が入っていないので、ひどく空気が澱《よど》んでいた。反射的に窓辺に近寄る。窓を開けて、外の空気を入れる。

郷田は、興味深そうに室内を見渡している。

「ほう……図面で見るより、広く感じますね。駅も近いし、なかなか掘り出しものの物件じゃないですか」

まだ小芝居を続ける気なのだろうか。もう周りには誰もいないというのに。あきれて付き合う気にもなれない。無視していると、彼は瑞帆に視線を向けて言う。

「それに静かだし……。ここならゆっくり話せますね」

郷田がにっこりと笑う。瑞帆は小さくため息をついた。

「それで、どうですか？　決まりましたか、僕の部屋に来る日にちは？」

屈託のない顔で、彼は瑞帆を見ている。

「そろそろ返事を聞きたいと思いまして……。あなたから一向にメールの返信が来ないんで、思わず会社まで来てしまったというわけで……。あ、でも新規で事業を始めようというのは本当のことなんですよ。だから、物件を探しているのは嘘じゃないんです…

……」

別に、事業の話が本当か嘘なのかはどうでもよかった。こうした言葉の端々に、自分の資本力を誇示する彼の態度に苛立《いらだ》ちを覚える。

「あなたとの新しい人生を歩み出すにあたって、いろいろと考えることがあって。それで社員を雇って、本気で事業をやろうと思ったんです」

「あの……もう、ちょっといい加減にしてもらいたいんですけど」

思わず言葉が出た。

郷田の笑顔が静止する。構わず瑞帆は彼に言う。

「私はあなたに従うつもりは、毛頭ありませんから」

「どういうことです？」

「うんざりしています。会社に来るのも、メールを送るのもやめていただきたい。もうあなたとは一切、関わりたくないんです」

瑞帆は毅然《きぜん》とした口調で、言葉をぶつける。

「はっきり言って迷惑なんです。お願いです。もうこんなことやめてください」

「どうして、そんなことを言うんです」

郷田は、訝《いぶか》しげな顔で瑞帆を見た。それはまるで、「あなたに拒む権利などないはず」と言いたげな顔である。そんな彼の表情を見ると、さらに怒りがこみ上げてきた。

「そんなの決まっているじゃないですか。あなたの申し出なんか、受け入れる気は毛頭ありませんから。私には主人も子供もいます。二人のことを愛しています。二人のことを裏切るくらいなら、死んだ方がましです」

さらに瑞帆は言葉を続ける。

「いいですか。私はあなたの脅迫に屈することはあり得ません。あなたの卑劣な行為に従うこともありませんから。気に入らなければ、警察に行くなり何なりご自由にどうぞ」

怒りを込めた目で、郷田を睨《にら》みつける。

瑞帆の視線を受けて、彼は何か戸惑ったような表情を浮かべている。しばらくすると、郷田の口が動いた。

「何か勘違いしているみたいですが……」

怒りを押し殺して、彼の言葉を聞く。

「何度も言っているように、僕はあなたの味方なのです。あなたを守りたいと思っている。その気持ちはずっと変わっていません」

「私を守りたい……。ふざけないでください。あなたのことなんか、信用できるはずないじゃないですか。私を守りたいと思っているのなら、どうして私の気持ちを踏みにじるようなことをするのですか。脅迫するようなことをして、私を苦しめるのですか」

「あなたを守りたいという気持ちに、嘘偽りはありません。本当です。信じてください。だから、お願いです。そんな目で見ないでください」

「では、その気持ちが真実ならば、今後一切、私に関わらないでください。本当に私の味方だって言うんなら、もう二度と私の前に現れないで……お願いですから」

　感情があふれ出した。涙がこみ上げてくる。郷田の表情は変わらない。黙ったまま、瑞帆を見ている。

　がらんとしたオフィスの空き物件。その中心に佇《たたず》む二人。日だまりのなか、空中を漂う埃《ほこり》が揺れているのが見える。

　おもむろに郷田が口を開いた。

「質問していいですか」

　瑞帆は答えなかった。黙ったままでいると、彼が話し始めた。

「この前会った時は、あなたはそんなこと言わなかった。だから、僕の申し出を受け入れてくれるかもしれないと思ったんです」

　まっすぐな目を瑞帆に向けて言う。

「何かあったんですか？」

　彼の視線に耐えきれない。思わず目をそらした。やけに落ち着いた声で郷田は言う。

「あなたの犯罪を知っているのは、この世で瑞帆さんと僕しかいません。だから、僕のことを受け入れてくれると信じていたんです。でも先ほどあなたは、僕の申し出に応じないと言った。真実が暴露される可能性があるにもかかわらず……。あ、もちろん僕はそんなことはしませんよ。絶対にあなたを守りたいと思っているのですから……。でも、あなたは僕をはっきりと拒絶した。二年前のあの夜の出来事が明らかになれば、逮捕されてしまうというのに……。だから、何かあったのではと思ったんです」

視線を外したまま、瑞帆は考えた。

郷田の言う通りである。凄《すご》い洞察力だ。卑劣な男であるが、明晰《めいせき》な頭脳には感服せざるを得ない。瑞帆は彼を見据えた。はっきりと言うことにする。

「そうです。状況が変わったんです」

「状況が変わった。どういうことですか」

「隆の恋人という女性から連絡があったんです。その女性は、私が隆の失踪《しっそう》に関係していると確信しています。証拠を集めて、警察に行くと……。私が逮捕されるのも、もう時間の問題です」

そう言うと、郷田の顔がわずかに曇った。

「そんな……」

「私の犯罪は、いずれ暴かれてしまうでしょう。だからもう、あなたの脅迫に従う理由は何もなくなったというわけです」

郷田は黙り込んでしまった。彼も遺体を隠したので罪に問われる可能性は高い。そのことを考えて動揺しているのだろうか。

だが郷田は、瑞帆をじっと見て言う。

「なるほど……そうだったんですね。……でも気を落とさないで。安心して下さい。絶対に大丈夫ですから」

　意外な彼の言葉に、思わず声が出る。

「大丈夫？　何が大丈夫なんですか」

「だから言ってるじゃないですか。僕があなたを守りますって」

　そう言うと彼は、瑞帆に澄んだ目を向ける。そして言葉を続けた。

「二人で力をあわせて、この局面を乗り越えてゆきましょう」

「何を言ってるんです……」

「僕にはあなたしかいないんです。あなたを見た時から、それは運命だったんです。あなたを愛しています……。命がけであなたを守りたい。それが僕の人生に与えられた役割だから。僕はあなたのためなら……」

「だから、もうやめて下さい。……気持ち悪いんです」

　思わず瑞帆は、心のなかの声を口に出した。

　怒りがどんどんこみ上げてくる。この期に及んでこの男は、まだそんなことを言っている。勝手に言葉が溢《あふ》れ出した。

「あなたの顔を見ると虫唾《むしず》が走るんです。あなたの行為は最低です。私を脅迫して、支配しようとした……卑怯《ひきょう》な手段で、愛を得ようとしたんです。自分でも愚劣な行為だとは思わないのですか。正直に言います。この前あなたに会った時、私はずっと気持ち悪くて仕方なかったんです。部屋に戻ってすぐ、トイレに駆け込んで吐きました。私はあなたという存在が耐えられないんです。あなたのような人間が、存在しているということが理解できない……」

瑞帆は、押し殺していた感情を一気に爆発させる。

彼女の言葉を聞いて、郷田は立ちすくんでいる。その顔からは、表情が抜け落ちていた。怒っているのでもない。悲しんでいるようでもない。一切の感情を喪失した……そんな顔である。瑞帆の身体は小刻みに震えている。だが、内側からこみ上げてくる言葉を抑えることが出来ない。

「私はあなたのことを受け入れるつもりは毛頭ありませんから……。郷田さんに対する私の感情があるとしたら、それは嫌悪感しかありません……。もしあなたとそうなるなら、死んだ方がましです。地獄に堕《お》ちる方がましです。ずっとそう思っていました。だからもう金輪際、あなたとは関わりたくないんです。今すぐにでも私の前から姿を消してください。もう二度と私の前に現れないで……」

瑞帆は言い放った。

郷田は能面のような顔のまま、こっちを見ている。彼の口が静かに動いた。

「本当ですか？　今の言葉……」

震えたまま、瑞帆は頷《うなず》く。

「本当です。この先何があっても、未来永劫《えいごう》、私はあなたのことを受け入れるつもりはありませんから……。その気持ちに、嘘偽りなどありません」

瑞帆に視線を向けたまま、郷田が言う。

「なるほど……では、一つ確認させてください。先ほどあなたはこう言った。僕の愛を受け入れるなら、死んだ方がまし……。その言葉も本当ですか」

「本当です」

「そうですか……」

そう言うと彼は、わずかに視線を外した。呟《つぶや》くように言う。

「死んだ方がましなのですね」

その途端、彼の表情が変化した。今まで見たことのないような顔である。これまで感情が失われていた顔は歪《ゆが》み、怒りと憎しみに満ちている。血走った眼球はゆっくりと動き、瑞帆を見据えた。

背筋が震える。この部屋に来たことを激しく後悔する。

なぜなら彼の目は、正気ではなかったからだ。

瑞帆は総毛立つ。全身が凍り付いた。

狂気の眼差《まなざ》しを向けたまま、郷田が歩いてくる。一歩、二歩、にじり寄ってくる。思わず瑞帆は後退《あとずさ》った。

がらんとした部屋――

二人以外、誰もいない。

郷田は、もう目の前まで迫っている。

隆を殺した日から、覚悟はしていた。
いつかこんな日が来るのではないかということを……。
そう思い、瑞帆は静かに目を閉じる。

「土の中から白い手　千葉の森林から女性の遺体見つかる」

きょう未明、千葉県××の森林の土中から、女性の遺体が発見された。見つけたのは付近に住む七十二歳の男性。遺体が発見された場所は、昨夜からの台風による悪天候により崖崩《がけくず》れを起こしていた。住民の男性は被害の状況を確認するため森林に入り、土中から人間の手首が出ているのを見つけ、警察に通報した。遺体は、二十代後半から三十代前半くらいの女性。身元は分かっておらず、警察によると死後十日以上は経過しているという。遺体には、首を絞められた跡が残っており、警察は殺人事件として捜査を開始した。

令和元年十月二十三日　某紙

私は最初に「全ての生き物は、遺伝子を効率的に複製するための乗り物である」と述べた。

人間も生物の一種である。神が仕掛けた進化のプログラムからは、決して逃れることはできない。

我々は、恋愛して、出産し、子を育《はぐく》むことにこの上ない多幸感を覚える。神経学者によると、この母性愛という感情すらも、遺伝子にプログラムされたものだという。

女性が授乳するときや、子供を養育するときに、オキシトシンというホルモンが分泌される。オキシトシンはモルヒネ様ホルモンで、脳内は「幸福感」で満たされる。

これはドラッグの効果によく似た感覚だという。オキシトシンには、鎮痛作用と快感誘発作用があるというのだ。

母性とホルモンの関係については、こんな実験がある。

母ネズミに、コカインか、子ネズミへの授乳かを選ばせるというものである。一般的にネズミはコカインの刺激を好むという。だが実験の結果、母ネズミは、コカインではなく授乳の方を選んだ。母ネズミの母性愛は、コカインの誘惑を退けるほどに強いという結果が得られたのだ。

進化のプログラムは、コカインよりも強い体内ドラッグを生物の脳に与えたのである。

オキシトシンの作用は完全に解明されていないが、分娩《ぶんべん》やセックスの最中でも分泌されることが分かっている。人を愛するという感情も、それを遂行するための体内麻薬によるようなものではないかと思う。

人間は遺伝子の乗り物である。

その宿命からは決して逃れることはできない。

恋愛の感情すらも、体内麻薬によって生み出された幻覚かもしれないのだ。

そして、恋愛という幻覚に狂わされたものには、悲惨な末路が待ち受けていることは言うまでもない。

終章

一

録画ボタンが押される。

画面いっぱいに、小さな足が映し出された。

「よし、じゃあもう一回。美空こっち来て」

慎也が幼い娘に向けてビデオカメラを構えている。

「パ……パ、パ……パ……」

美空がよろよろと歩き出した。

楽しそうに父親の方に向かっていく。女児向けのおもちゃが散らばるフローリングの床。その上を、幼い足が一歩一歩踏みしめていった。

ビデオカメラの画面に映る美空。やっと、父親のところにたどり着く。

「すごいぞ、美空」

慎也は娘の身体を抱き上げた。美空も、父親に抱かれ嬉《うれ》しそうである。

「な、ほんとだろう」

夫が声をかけてくる。思わず彼女も声を上げる。

「ほんとだね。美空が歩いた」

リビングの片隅で二人の様子を見ている瑞帆。手には山盛りの洗濯物が入ったかごを抱えている。

「すごいね。一人歩きしたの初めてじゃない？」

「ああ、よしもっと撮るぞ」

そう言うと慎也は、娘の身体を床に下ろした。カメラを構え、また撮影を始める。

結婚した時に慎也が買ったビデオカメラである。娘が生まれる前は、瑞帆ばかりを撮っていたが、近頃はもっぱら美空が主役である。

「はい、じゃあ美空。こっちこっち」

「パ……パ、パ……パ、パパ……」

美空がはしゃぐように、父親を追いかけている。しばらく二人の微笑ましい光景を眺めると、ベランダへと向かった。

ガラス戸を開けて、外に出る。

天気は快晴である。これなら洗濯物も早く乾きそうだ。ガラス戸を閉めて、洗濯かごを置いた。衣服を取り出しハンガーに干し始める。

その日は珍しく二人とも休みだった。瑞帆は久しぶりに、親子三人で水入らずの時間を過ごしている。見上げると、雲一つない春らしい青空に、数羽の鳥が飛んでいた。

洗濯物を干しながら、リビングの方に目をやる。ガラス戸の向こうでは、慎也と美空が楽しそうだ。二人の姿を見ながら、瑞帆は思った。

この幸せが永遠に続けばいいいと……。

あれから半年が経った。

いつ警察から連絡がくるかもしれない。そう覚悟して、瑞帆は毎日を過ごしている。だが、未《いま》だ逮捕されていない。

武藤直美からの連絡も途絶えている。彼女は自分に疑惑を抱き、証拠を集めると言っていた。一体どうなったのだろう。証拠を見つけて、警察に行ったのだろうか。気になって仕方なかった。何度か彼女に連絡を取ろうかという衝動にかられたが、なんとか思いとどまった。こちらから電話するのは、藪《やぶ》をつついて蛇を出すことになるかもしれないからだ。しかし、もうあれから半年も経っている。彼女はどうしたのだろう。まだ証拠集めをしている段階なのだろうか。でもそれにしては時間が経ちすぎている。

郷田からのショートメールも、全く来なくなった。半年前、オフィスの空き物件で会話して以来である。瑞帆の会社にも、姿を現していない。

あの日のことを思い出すと、今も身体が震えてくる。彼の眼差《まなざ》しは、明らかに常軌を逸していた。絶対に殺される……。そう思ったのだ。

あの時、瑞帆は死を覚悟した。

彼がにじり寄ってくる。その目には狂気を宿したまま……。

思わず彼女は後退《あとずさ》った。

二人きりの誰もいない部屋——

瑞帆は後悔する。未来永劫《えいごう》、彼のことを受け入れるつもりはないと言ったことを。彼の愛を受け入れるなら、「死んだ方がまし」と言ったことを……。

きっと彼は激しく傷ついたのだろう。でも、それは間違いなく自分の本心だった。彼の歪《ゆが》んだ愛など、受け入れられるはずはない。しかも、あの男は卑劣な手段で自分を支配しようとしたのである。いつかは、はっきりと言わなければならなかった。

彼は目の前で立ち止まった。虚《うつ》ろな眼差しでこっちを見ている。この男の自尊心は完全に崩壊している。こんな目をどこかで見たことがある。

そうだ。隆だ……。

彼が死んだあの夜、こんな目をしていた。喉元《のどもと》にサバイバルナイフを突き立てた時、虚ろな目でこっちを見ていた。

自分は今から、この男に殺されるかもしれない。

瑞帆は恐怖する。いつか、こんなことになるような気がしていた。隆を殺した時からそう思っていた。自分は誰かに殺されるのだと。

でも、それと同時に何故かほっとしたような気持ちにもなった。死んでしまえば、もう苦しまなくていいのだ。自分が置かれているこの地獄絵図のような状況から解放される。

ここで彼に殺されるのは、自分の運命だったのかもしれない。瑞帆はそう感じていた。美空と慎也に会えなくなるのは、つらいことではあるが……。

思わず目を閉じた。

人生が終わる瞬間を、静かに待つ……。

だが、一向にその時はやって来ない。恐る恐る目を開く。

郷田はじっと、こちらに視線を向けたままだ。ゆっくりと彼の口が動いた。

「瑞帆さんの気持ちはよく分かりました。とてもショックでしたが、それがあなたの本心ならば仕方ありませんね」

瑞帆の顔を見据えたまま、彼は言う。

「でも、これだけは言っておきたいのですが……僕は……あなたの気持ちはどうだっていいんですよ。一目見た日から、僕の人生はあなたのことが全てになったんですから。もうそれは、どうしようもないことですので」

震えながら、瑞帆は彼の言葉を聞いている。

「それに、本当に勘違いしてもらいたくないのですが、僕はあなたのことをどうこうしようとか全く思っていない。あなたが幸せだったら、それでいいんです。あなたが幸福だったら、それで……。でも、僕はちょっと邪《よこしま》な気持ちを持ってしまった……。もしかしたら、あなたの愛を得られるかもしれない。そう思って……。それは、やっぱり反省をしなければなりません。本当にすみませんでした」

小さく頭を下げると、また彼は話し続ける。

「でもこれだけは分かってくださいね。僕は絶対に、あなたを守りたいと思っています。あなたを心から愛しているんです。これから、そのことを証明したいと考えています。どんなにあなたに嫌われても……。どんなにあなたに罵《ののし》られても……。僕にはもうあなたしかいないんです。あなたを愛しています……。そしてあなたはもう、僕から逃れることができない」

そう言うと彼は小さく微笑んだ。

いつの間にか、彼の目に宿っていた狂気は消え失《う》せている。その表情は朗らかで、まるで全ての煩悩から解放された修行僧のような面持ちである。

郷田は瑞帆から視線を外すと、玄関の方に歩き出した。ドアを開閉する音が響く。

瑞帆は金縛りに遭ったかのように、しばらくその場から動けなかった。


あれから半年――

郷田からの連絡はもう来ない。

彼は自分が受け入れてもらえないという現実を悟り、大人しく身を引いたのだろうか。

でも簡単に諦《あきら》めるとは思えない。最後の彼の言葉が、頭にこびり付いて離れなかった。

――あなたはもう、僕から逃れることができない――

あの男ははっきりとそう言った。

一体彼はまた、どんな手段で苦しめてくるのか。ずっと恐れていた。いつ自分の前に姿を現すのか……。しかし不思議なことに、あれ以来彼は一切姿を現さない。瑞帆に接触することはなく、メールも来なくなった。

まるで狐につままれたような気分である。郷田だけではない。武藤直美からも、警察からも連絡は来ていない。逮捕されても仕方ない。そう覚悟していたのだが……。

三年前のあの時と同じだった。隆を殺したあの夜——

自分の犯罪が消えてしまったのかもしれないと思った。結局は、あの男が画策して犯行を消し去っていたのだが……。恐ろしい出来事は悪夢だったと信じ、慎也と結ばれ美空を授かった。あの時とよく似ている。

洗濯物を干しながら、リビングの方に目をやる。相変わらず慎也が熱心に娘の姿を撮影している。

「パ……パ、パ……パ、パパ……」

父親に遊んでもらって、美空も楽しそうだ。その姿を見て瑞帆は思った。

もしかしたら、本当に消え失せてしまったのかもしれない。三年前のあの時の如く……。やはり全部、恐ろしい悪夢だったのだ。

隆のことも……。

郷田のことも……。

武藤直美のことも……。

もしそうだとしたら、それはどんなに幸せなことだろうか。そんな淡い期待を、心に思い描く。

最後の洗濯物をハンガーに掛けた。空になった洗濯かごを抱え、ベランダを後にする。ガラス戸を開けてリビングに入った。

「パ……パ、パパ……パパ」

夫と美空は、まだ楽しそうに遊んでいる。

そろそろ正午である。お昼ご飯は何がいいだろうか。冷蔵庫に何があっただろう。そんなことを思いながら、瑞帆はキッチンへと向かう。

その時である。点《つ》けっぱなしのテレビが視界に入った。

画面には、ニュース番組が映し出されている。ふと足を止めた。

女性遺体遺棄事件で、容疑者が逮捕されたというニュースである。

事件を報じるアナウンサーの声。警察車輛《しゃりょう》から降りてくる容疑者の男。手錠が掛けられたであろう両手は、捜査員の上着で隠されている。激しくカメラのシャッター音が鳴る中、警察官に囲まれた男は警察署に連行されてゆく。

その瞬間である。男はちらっとカメラの方に視線を送った。

テレビを見ていた瑞帆は身を震わせる。その容疑者の男が、見覚えのある人物だったからだ。見覚えがあるというどころではない。まさか……。

それと同時に、画面に容疑者の名前が表示された。

郷田肇容疑者（三十八歳）——

彼女は我が目を疑う。なぜ、郷田が殺人の容疑で逮捕されたのか。だが、驚いたのはそれだけではなかった。アナウンサーが事件の概要を報じている。

〈郷田容義者の供述によると、殺害されたのは、静岡県に住む看護師の武藤直美さんと判明……〉

画面に直美の顔写真が映し出された。

一体何が起こっているのか、理解できなかった。瑞帆は硬直したように、テレビの画面を見つめている。

慎也が、カメラのレンズを妻に向けた。ビデオのビューアーに映し出される瑞帆。蒼《そう》白《はく》な顔で、呆然《ぼうぜん》と立ちすくんでいる。

美空の声がする。

「マ……マ、マ……マ、ママ……」

二

「千葉・不明の女性遺体事件　容疑者の男を逮捕」

去年十月、千葉県の森林から女性の遺体が見つかった事件で、警察は三十八歳の男を、女性の遺体を遺棄した容疑で逮捕した。男は千葉県在住の株式トレーダーの郷田肇容疑者。警察は、遺体が遺棄された現場近くの道路や商店に設置された防犯カメラや、付近を走行していた車のドライブレコーダーを詳細に解析し、事件当時、不審な動きをしていた車輌を発見。ナンバープレートから、該当車輌が郷田容疑者の名義であることが判明した。郷田容疑者は容疑を認めている。遺体発見から半年を経ての容疑者の逮捕。警察は殺人容疑も視野に入れて、郷田容疑者の取調べを開始した。遺棄された女性の身元など、事件の全容解明に努める。

令和二年三月二十五日　某紙

「千葉・遺体遺棄事件　女性の身元判明」

去年、千葉の森林から女性の遺体が見つかった事件で、きのう逮捕された郷田肇容疑者（三十八歳）の供述で、被害女性の身元が判明した。遺体の女性は静岡県在住の看護師・武藤直美さん（二十八歳）。一体なぜ千葉県在住の郷田容疑者が、静岡県で暮らす武藤さんを殺害するに至ったのか。二人の接点や殺害動機はまだ分かっていない。今後の捜査の進展が待たれる。

令和二年三月二十六日　某紙

三

静まりかえった部屋――

瑞帆は一人、リビングの片隅で放心している。

もう何日も会社には行っていない。体調が悪いと言って欠勤している。

もはや何も考えられなかった。

テレビ画面越しに見た、郷田の顔が目に焼き付いて離れない。ニュースを見たときはすぐに理解できなかった。

最後に会った時、彼はこう言った。


――僕は絶対に、あなたを守りたいと思っています。あなたを心から愛しているんです。これから、そのことを証明したいと考えています――


全身がぶるぶると震えだした。途端に恐ろしくなる。

まさか――

あの男は、自分のために直美を殺した？

彼女が殺されたのは、自分の所為《せい》だった……。

怖い。怖くてたまらない。その恐ろしい想像が事実であれば、郷田は瑞帆への愛を証明するために、直美を殺害したということになる。

あれから事件の報道や彼の供述などをネットで検索して、事件の概要を知った。

供述によると彼は、静岡に赴いた際に直美を見かけ、執拗《しつよう》にストーカー行為を繰り返した。そして挙げ句の果てに、自分の車に連れ込み、殺害したという。

その後、遺体を車のトランクに押し込み、千葉まで走行。森林に入り、身元が分かるようなものを外して、遺体を土中に埋めたとのことだ。

殺害から約半年後、警察は防犯カメラの映像などから、郷田にたどり着いた。警察が来ると、彼はあっさり犯行を認めた。報道によると、郷田は事件の動機について、こう供述している。

「彼女を殺した理由？　それはあまり言いたくない。あなた方には到底理解できないことだと思う。強いて言うならば、証明するためなのだろう。そうだ、証明である。自分の愛は決して偽りではないということの……。誰にどう思われてもいい。哀れな男だと蔑《さげす》まれても一向に構わない。なぜならば自分の愛は真実だからである。だから、もうこれ以上話したくはない。黙秘させて欲しい」

彼の供述から警察は、郷田と直美の「痴情のもつれ」が犯行の原因として捜査を続け

ている という。

一連の報道を知り、彼女は動揺する。そうなのだ……。郷田は逮捕されても、一切、瑞帆のことや、隆を殺したあの夜のことについては証言していないようなのだ。もしかしたら、ニュースに出ていないだけなのかもしれないが、彼がそのことについて供述していれば、今自分はここでこうしていられないであろう。だが、未《いま》だ警察からの連絡すらない。

警察は彼の所有物を押収して調べたはずである。マンションにも家宅捜査が入ったに違いない。郷田は執拗に瑞帆のことをストーカーしていた。その痕跡《こんせき》も見つかっていないのだろうか。それに、彼は隆を殺害したサバイバルナイフも所持しているはずだ。あのナイフはどうしたのだろう。そして、隆の遺体はどこに隠したのか。

用意周到な彼のことだ。きっと凶器も、遺体も、三年前に隆の遺体を運んだ車も、跡形もなく消し去ったに違いない。彼の目的は、瑞帆の犯罪を抹消することである。そして、その総仕上げが、隆の死に疑惑を抱いていた、武藤直美を殺害することだったのだろう。

恐らく彼は、隆が所持していた携帯電話から、直美の連絡先を割り出したのだと思う。そして静岡に赴き、彼女に接触した。

直美をつけ回したのは、どこまで彼女が証拠を得ているのか、調べるためだったのではないか。そして「倉島隆の消息を知っている」とか「彼と会わせてあげる」とか言って、彼女を唆し、車に連れ込んで殺害したのだ。その後、千葉の森林まで遺体を運び、土中に埋めたのである。

　瑞帆を守るために、殺人にまで手を染めていた郷田。彼の誤算は、台風で崖崩《がけくず》れがあって、直美の遺体が発見されてしまったことではないか。隆の時も、遺体を森のどこかに埋めたのであろう。だから今度も、上手《うま》くいくと思っていたのだ。直美の遺体が発見されたことは、彼にとって不測の事態だったに違いない。

　いやもしかしたら、そうではないのかもしれない。彼は直美の遺体が見つかっても、さほど困らなかったのではないか。

　報道によると、警察がやってきたとき、郷田はあっさりと罪を認めたという。きっと彼は、別に自分が逮捕されてもよかったのだ。本来の目的は、瑞帆を守ることである。彼女のことさえ明らかにならなければ、別に構わないと思っていたのだろう。

　このまま彼は、瑞帆の罪を隠し通すつもりなのだろうか。それでは、郷田が武藤直美を、「愛のために」付け狙い殺害したストーカー殺人として、捜査が終わってしまう可能性がある。彼が供述しない限りは、警察は倉島隆の殺人事件については、知るよしもない。直美の殺害が、三年前の〝消された犯罪〟に起因していることも……。

　もうこれ以上、隠し通すことはできない。瑞帆はそう思った。

　自分のせいで、一人の女性の命が絶たれてしまったのだ。やはり、隆を殺害したあの時に、自首するべきだった。本当に申し訳ないと思う。悔やんでも、悔やみきれない。

警察に行って、全てを明らかにするべきなのだろう。

瑞帆は虚空を見つめる。

このままでは、とても平常心でいられない。

テレビの画面越しに見た、郷田の視線——

瑞帆は身を震わせた。彼と一瞬、画面越しに目が合ってしまったような気がしたからだ。

そこにはどんな意味が込められているのか。何のために、直美を殺したのか……。

それは彼以外、この世で瑞帆にしか分からないことである。

郷田はあのオフィスの一室でこう言った。


——命がけであなたを守りたい。それが僕の人生に与えられた役割だから——


あの男は一人で貫いているのだ。瑞帆への妄執とも言える愛を……。

怖くてたまらなかった。

瑞帆への愛を証明するために、郷田は武藤直美の殺害を実行に移したのだ。あの空き物件の部屋で、自らの愛が永遠に受け入れられないことを悟ったにもかかわらず。彼のことを拒み続けた、瑞帆に対する「見せしめ」のごとく。

——命がけであなたを守りたい——

まるで呪いのような言葉――

おぞましかった。逃れたいのに、逃れられない。

隆の時から呪縛《じゅばく》のように連なる、忌むべき愛の連鎖。それを絶ち切るためには……。

郷田の狂った愛から逃れるためには……。

空疎なリビングで一人、瑞帆は身もだえする。自分は人を愛してはいけなかったのだ。

幸せを享受する時間は、ついに終わりを告げたことを知る。

瑞帆は決意する……。

ドアが開く音がした。

慎也が美空を連れて、散歩から帰ってきた。


「あの、ちょっといい？」

夜の十二時過ぎ。寝室のベッド――。

瑞帆は傍らにいる夫に声をかけた。

「ん？　なに」

慎也が目を開き、彼女を見る。傍らのベビーベッドで美空はぐっすりと眠っていた。

瑞帆は告白する。

隆と交際していたこと――

彼に支配され、逃れようとしていたこと――

三年前、隆を殺したこと――

郷田という男に殺害現場を見られていたこと――

彼に脅迫されていたこと――

郷田が直美を殺したこと――

自首を決意したこと――

話していると、止めどなく涙があふれ出した。

慎也は驚くようでもなく、怒るようでもなく、悲しむようでもなく、ただ黙って瑞帆の話に耳を傾けている。泣きながら彼女は言う。

「ごめんなさい。本当にごめんなさい……」

声を振りしぼり、謝り続けた。殺人の事実を隠し続けていたことを。秘密を抱えたまま、彼と結婚したことを。そして美空を産んだことを……。

ずっと慎也は無言である。涙混じりの声で瑞帆は言う。

「……驚かないの」

少し考えて、彼は答える。

「ああ……知っていたよ。ずっと見ていたから……瑞帆のこと」

穏やかな目で、慎也は彼女を見る。

「もちろん、詳しいことは分からなかったけど、何かに苦しんでいることは感じていた」

「いつから……」

「最初から、ずっと……」

そう言うと彼は、わずかに視線を外した。

「実は、俺も言わなければならないことがあって……」

天井を見上げると、話し始めた。

「まだ付き合い始める前、焼鳥屋に行っただろ。あの日のことが忘れられなくて……」

宙を見据えたまま、慎也は言う。

「正直に言うとあの時までは、自分にとって瑞帆は、女友達の一人でしかなかった。もちろん好意がなかったわけじゃないけど、ただ話しやすい、気立ての良さそうな女性だなっていう印象だけだった。でもあの日、店で瑞帆に会った時、全然違う雰囲気だったから、戸惑ってしまったんだ。服装とか、髪型とかじゃなくて。でもどこが違うのか、その時は分からなかった。だから、瑞帆の顔をじろじろと見てしまって……。どうしたのかなと思って、いろいろと聞いたりして……。覚えてる？」

泣きながら瑞帆は頷《うなず》いた。脳裏にその時のことが蘇《よみがえ》ってくる。

確かにあの日、店に入って挨拶《あいさつ》した瞬間、彼の顔から微笑みが消えた。その理由がなんなのか、彼女は分からなかった。

「あの夜、部屋に戻ってからもずっと考えていた。前に会った時と、どこが変わったんだろうって。それでやっと分かったんだ。目だよ。瑞帆の目。あの時の目が、今までと全然違っていたんだ。そう思うと、瑞帆の眼差《まなざ》しが、頭にこびり付いて離れなくなった。あの憂いのある、瞳《ひとみ》の奥に影があるような目が……。瑞帆のことが忘れられなくなった。知りたかったんだ。なんで、あんな目をしているのか。何があったんだろうって。だから……」

瑞帆は知らなかった。あの時彼は、自分の異変に気がついていたということを……。隠し通していたつもりだった。でも眼差しだけは、隠し切れていなかったのだ。

もちろん自分では分からなかった。あの時、どんな目をしていたのか。だが彼は感じていた。

人殺しの目。

隆を殺したばかりの目――

慎也が彼女に惹《ひ》かれるきっかけも、そんな瑞帆の眼差しだった……。

「結婚してからも、ずっとそのことが気になっていた。瑞帆がどんな苦悩を抱えているのか。知りたいと思っていた。何度か聞こうと思ったけど、結局口に出せなかった。気がついていたんだ。瑞帆は何か重大な秘密を抱えているということを。そして、そんな君に惹かれていたということを……」

そう言うと慎也は、瑞帆の背中に腕を回した。彼女を抱き寄せる。

「だから俺も同罪なんだ。瑞帆の罪は俺の罪だと思う……」

涙があふれて言葉にならない。

「だから……一つだけお願いがある」

彼女を抱きしめたまま、慎也が言う。

「まだ警察には行かないでほしい」

「どうして……」

「その郷田という男が自白すれば、君は逮捕され、俺たちの暮らしは崩壊する。今ある俺たちの生活は、砂上の楼閣のようなものなのかもしれない。でも、それまででもいいから、俺は三人の生活を続けたい。瑞帆と美空と一緒に生きていきたい……。その直美という女性には、本当に申し訳ないんだけど……」

慎也の目にも涙が滲《にじ》んでいる。瑞帆は声を振り絞って言う。

「駄目だよ。もうこれ以上耐えられない……」

「お願いだ。分かってくれ。それがたとえわずかな時間だとしても、俺はこの生活を守り続けていきたい……」

瑞帆を抱きしめる腕に、力が込められる。彼女は夫の意外な言葉に戸惑っていた。

「もう心配しなくていい。俺が絶対に守るから。さっきも言ったとおり、瑞帆の罪は俺の罪だ。これからは君の罪を抱えて、生きてゆく覚悟だから……」

そして彼は、瑞帆の耳元に顔を寄せた。

囁《ささや》くように言う。

「だから、聞かせてほしいんだ。瑞帆に何があったのか。全部……」

今日、久しぶりに会社に行った。
長期の休暇を詫《わ》びて、業務に復帰する。
日常が戻った。
これまで通りの、家族三人で暮らす日々……。

でも、彼の言葉にまだ戸惑いを覚えている。
私は何の咎《とが》めもなく、このような生活を続けていていいのだろうか。

毎日を、当て所《ど》もない罪悪感に苛《さいな》まれて生きている。

令和二年　春

知らなければよかった。
自分の身に起こっていた、想像すらしていなかった真実。
あのとき、彼がひた隠しにしていた秘密に気がついていなければ……。
やはり、私は残酷な運命から逃れることは出来ないというのか？
いや、そうではないはずだ。
全ての因縁を絶ち切るためには……。
自分にまとわりつく呪縛《じゅばく》から逃れるためには……。

美空へ。
愚かな母親を許して欲しい。
運命を絶ち切るには、もうこの選択しか残されていないから。

令和二年　秋

（この項、瑞帆の手帳より一部抜粋した）

おわりに

以上で、津坂瑞帆（仮名）に関しての記述を終えたいと思う。

私が目的としていた、「恋愛における人間の生物学的宿命」を考察するにおいて、この観察は一定の成果を果たしたのではないかと実感している。

反省すべき点は、私が観察者としての立場を大きく逸脱してしまったことだ。本来ならば対象者には接することなく、客観的に研究に徹するべきであった。その結果、観察を終了せざるを得ない事態が生じてしまったことは誠に残念である。それについての経緯や詳細は、本書の趣旨と反するために、ここでは詳述しないことにした。ご了承願いたい。

反省点は多々あるが、今後も形を変えて、考察と研究を続けていきたいと考えている。

最後に、上記の言葉とは大きく矛盾するが、こうして彼女の人生に深く関わることができたのは、この上ない喜びであった。

個人的にはそんな感慨を抱いている。

追記

街路樹の緑も色濃くなってきた。もう夏が近い。

中学に向かう通学路の並木道――

朝の匂いが満ちあふれている。昨夜から降り続いていた雨も上がり、今日は清々《すがすが》しい天気だ。歩きながら、思わず彼女は腕時計を見た。

去年、中学生になった記念に、父に買ってもらった時計である。父はとても優しい。こうして腕時計を見ると、少し大人になった気分がする。でももうこんな時間だ。急がないと遅刻してしまう。父の朝ご飯を作っていて、遅くなってしまった。

彼女には母親がいない。幼いころに死んだらしい。どんな人だったか、何度か父に聞いたことがあるが、詳しくは教えてくれなかった。ただ綺麗《きれい》な人だったとしか言わない。中学生になってから、親戚《しんせき》の一人から母親によく似てきたと言われた。もっとよく知りたかった。でも母のことになると、あまり聞いてはいけないような雰囲気になる。だから母親のことをよく知らない。

腕時計から視線を外した。このままだと遅刻してしまう。彼女は駆け出した。

街路樹に彩られた道。雨上がりの路上を走る。だが突然、足がもつれた。ぬかるみに足を取られ滑ったのだ。その場に倒れ込んでしまう。

「痛い……」

「大丈夫？」

すぐ傍を歩いていた人が駆け寄り、手を差し伸べてくれた。

白髪交じりの男性である。五十歳くらいだろうか。品の良さそうな人だ。

「すみません」

男性に支えられ、起き上がった。

「ありがとうございます」

丁寧にお辞儀する。男性は、彼女の膝小僧《ひざこぞう》の辺りを見て言う。

「大丈夫、怪我はしていないようだ。……さあ、早く行かないと遅刻するよ」

「あ、そうですね」

膝《ひざ》の泥を払いながら、行こうとする。

すると彼は言った。

「ちょっと待って」

立ち止まり、思わず振り返った。

「これからは自分の周りをよく見て、気をつけるように」

穏やかな声で、その男性は言う。

彼女は不思議に思った。見ず知らずの人なのだが、何か言い知れぬ悲哀のようなものが伝わってくる。それが一体何なのか、分からなかった。

「安心して、僕は君の味方だから……」

そう言うと男性は、手にしていた革の帽子を頭に載せた。目尻《めじり》に皺《しわ》を寄せて、優しく微笑んだ。

その目の形は、まるで三日月のようだ。

彼女はそう思った。

参考文献

『毒の恋愛学』藤田徳人（イースト・プレス）
『言ってはいけない　残酷すぎる真実』橘玲（新潮新書）

本書は、二〇一九年十二月に小社より刊行された単行本を加筆修正のうえ、文庫化したものです。

恋《れん》愛《あい》禁《きん》止《し》

長《なが》江《え》俊和《としかず》

角川ホラー文庫　23516

令和5年1月25日　初版発行

発行者——山下直久
発　行——株式会社KADOKAWA
〒102-8177　東京都千代田区富士見2-13-3
電話 0570-002-301（ナビダイヤル）
印刷所——株式会社暁印刷
製本所——本間製本株式会社
装幀者——田島照久

●お問い合わせ
https://www.kadokawa.co.jp/（「お問い合わせ」へお進みください）
※内容によっては、お答えできない場合があります。
※サポートは日本国内のみとさせていただきます。
※Japanese text only

◇◇◇

ISBN978-4-04-113231-9　C0193

角川文庫発刊に際して

角川源義

第二次世界大戦の敗北は、軍事力の敗北であった以上に、私たちの若い文化力の敗退であった。私たちの文化が戦争に対して如何に無力であり、単なるあだ花に過ぎなかったかを、私たちは身を以て体験し痛感した。西洋近代文化の摂取にとって、明治以後八十年の歳月は決して短かすぎたとは言えない。にもかかわらず、近代文化の伝統を確立し、自由な批判と柔軟な良識に富む文化層として自らを形成することに私たちは失敗して来た。そしてこれは、各層への文化の普及滲透を任務とする出版人の責任でもあった。

一九四五年以来、私たちは再び振出しに戻り、第一歩から踏み出すことを余儀なくされた。これは大きな不幸ではあるが、反面、これまでの混沌・未熟・歪曲の中にあった我が国の文化に秩序と確たる基礎を齎らすためには絶好の機会でもある。角川書店は、このような祖国の文化的危機にあたり、微力をも顧みず再建の礎石たるべき抱負と決意とをもって出発したが、ここに創立以来の念願を果すべく角川文庫を発刊する。これまで刊行されたあらゆる全集叢書文庫類の長所と短所とを検討し、古今東西の不朽の典籍を、良心的編集のもとに、廉価に、そして書架にふさわしい美本として、多くのひとびとに提供しようとする。しかし私たちは徒らに百科全書的な知識のジレッタントを作ることを目的とせず、あくまで祖国の文化に秩序と再建への道を示し、この文庫を角川書店の栄ある事業として、今後永久に継続発展せしめ、学芸と教養との殿堂として大成せんことを期したい。多くの読書子の愛情ある忠言と支持とによって、この希望と抱負とを完遂せしめられんことを願う。

一九四九年五月三日